Anhelos de Primavera

Anhelos de Primavera

LAURA A. LÓPEZ

A los dos grandes amores de mi vida; mi esposo, que me hace crecer cada día y apoya mis emprendimientos, y mi hija, que es mi aliento de vida.

Capítulo 1

Derbyshire 1789.

Después de su larga caminata en las cercanías de Chatsworth House, residencia de los Cavendish en Derbyshire, Olive regresó a la hacienda.

Con catorce años, se iba convirtiendo en una hermosa mujer como lo era su hermana Ofelia y, aprovechaba aquel encanto y su característica jovialidad para conseguir cualquier objetivo que dispusieran sus caprichos.

—¡Charlotte! —exclamó al ver a la hija de la señora Smith esperándola en el salón.

—¡Olive! ¿Has ido a caminar y no me invitaste? —reclamó.

—Sí. El primo Maxwell está aquí y se ha puesto un tanto extraño. Me dio una flor y besó mi mano.

—¿Ha hecho eso? —indagó Charlotte muy decepcionada.

—También ha querido bailar conmigo, mientras la señorita Dunbar tocaba el piano. Yo solo bailo con mi padre. Puedo asegurar que salió a buscarme para someterme a alguna otra atención innecesaria.

Olive no imaginaba lo que la estadía de Maxwell Horstman significaba en su casa.

Charlotte evitó entristecerse por el interés que tenía el sobrino de Lornell Horstman por Olive. Le dio una sonrisa y procedió a contarle la razón de su visita.

—Mi madre ha venido para ver a la señora Ofelia, pues ella le había contado que se sentía mal.

—¿Ofelia está enferma?

—No sabría decírtelo con exactitud. Mi madre al comentárselo a tu padre, envío por el doctor Flecher.

—¿El doctor Flecher? —preguntó sorprendida y animada.

Su amiga quedó un tanto confundida por la falta de preocupación de Olive por su hermana Ofelia. No había visto una sonrisa como la que estaba colocando ella en su rostro, al menos no cuando alguien debía preocuparse.

Olive no había podido enfermarse en años, pero a falta de enfermedades para ella, Odei enfermaba con frecuencia y sus sobrinos no terminaban de crecer para que otros llegaran. Por el arduo trabajo de los embarazos de su hermana mayor y las enfermedades de la menor, era que tenía la buena fortuna de ver al doctor Flecher.

—¿Él ha venido? —interpeló mirando a todas direcciones.

—No, todavía.

Las dos muchachas se sentaron para seguir conversando. No iban a la escuela de señoritas. La señorita Dunbar les enseñaba lo que necesitaban saber para educarse.

Salían a la naturaleza de la finca de Lornell. Iban al pueblo para conocer las tiendas. Olive visitó Londres junto a sus hermanas a pedido del tío John Weatherly, quien se mostró muy apenado por todo lo que ocurrió con su esposa. Su prima estaba próxima a debutar y aunque no tenían una relación afectuosa, era agradable visitarla. Su tía Katherine falleció unos años atrás a causa de una enfermedad. Pese a la maldad de la esposa de su tío, ninguna se alegró de su muerte.

El ruido del caballo del landó del doctor Jeffrey Flecher hicieron que Olive parara la oreja para mirar por la ventana.

—¡Es el doctor Flecher! —exclamó presa de la emoción.

Arregló sus prendas y alisó su vestido a la carrera.

Jeffrey Flecher era gran amigo de la familia Horstman.

Sin dudas estaba contento de que alguien en aquella casa enfermara y no era por la buena paga que le daba Lornell, sino por el calor de hogar que se sentía.

Tocó la puerta, y antes de que el ama de llaves llegara para abrir, lo hizo Olive.

—Bienvenido, doctor Flecher —saludó con una reverencia y se hizo a un lado para que pasara.

—Señorita Olive, siempre es un placer que alguien enferme en esta casa —indicó sonriente—. Señorita Smith ¿Cómo se encuentra? ¿Y su madre?

—Estoy bien. Mi madre está con la señora Horstman.

—Es una lástima que nunca me den las enfermedades. Me entristece bastante no estar convaleciendo —profirió Olive acompañándolo hacia la segunda planta.

Maxwell observó cómo Olive se deshacía en atenciones con el doctor. Para él, Olive era la más hermosa de las Weatherly. Aquel cabello rubio y sus ojos azules, hacían que viajara al futuro, viéndola convertirse en la próxima señora Horstman. Pese a la juventud de la muchacha, quería convencer a su tío de que le cediera la mano de ella en matrimonio a los dieciocho años.

Olive la guio al cuarto de Ofelia, que estaba con Lornell y la señora Smith que tenía a los niños jugando. Charles era su sobrino mayor, William el segundo, y Lornell, que fue llamado como su padre, era el tercero.

—Buenas tardes —musitó hablándole a todos.

Lornell se acercó apresurado a Jeffrey y olvidó sus saludos.

—Ofelia se ha desmayado hace rato. Temo que esté muy enferma...

—Señor Horstman, no se preocupe. La señora Ofelia es muy fuerte. Tan solo observé a sus hijos. Todos muy saludables, aunque veo un poco de mucosidad en la nariz de William...

—Lo dejo aquí, iré junto a Charlotte... —se despidió Olive al cerrar la puerta, para luego dar saltos hasta llegar junto a su amiga, que fue abordada por el primo Maxwell.

—Lo siento, Maxwell, pero es una conversación de damas, a la que por cierto, no has sido invitado —masculló con las manos en jarras.

—¿No he sido invitado? La señorita Charlotte me dijo que no habría problemas en que estuviera viéndolas al menos.

—¿Estás aburrido, primo? El campo debe parecerte terrible ¿No es mejor que vuelvas a Londres?

—Me agrada el campo y deseo quedarme aquí hasta el tiempo de volver a Eton.

Olive bufó por tener que soportarlo, pero lo único que iba a hacer, era completar una de sus muñecas de trapo. Cada vez le salían más bonitas. Cuando Ofelia le cortaba un poco del cabello, aprovechaba para colocarle unos mechones. Gracias a las habilidades que la institutriz tenía, fue adquiriendo mayor certeza con sus bordados y costuras. Recibía halagos por parte del que ella aprendió a querer como su padre, aunque, nunca poseía toda la atención como la tenía Odei.

Odei se inició lento en el habla, por lo que sonreía con más frecuencia que abrir la boca. También era taciturna, gustaba de la soledad y de los paisajes. Con frecuencia, la veía recostada en el hombro de Lornell, mientras él le leía algún libro. Jugaba poco con sus sobrinos porque hacían demasiado ruido, aunque no había perdido esa curiosidad que siempre tenía.

Le dijeron que no se acercara a las caballerizas hasta que tuviera la edad, sin embargo, la observó mirando desde la ventana con interés hacia los caballos. No dudaba que un día iría a aquel lugar sin ser vista. Después de media hora bajó el doctor Flecher de la habitación de su hermana y, se sentó junto a los jóvenes, bajando a un costado su valija.

—Señorita Olive, volverá a tener un sobrino —anunció.

—¡Esperamos que sea una niña! —expresó feliz. Ofelia tenía un gran corazón donde estaba toda su familia. Sus hermanas nunca dejaron de ser importantes para su vida. Se preocupaba por todos y cada uno de ellos—. Iremos pensando en nombres para ayudar. No queremos que la poca creatividad de mi padre afecte a esta criatura —continuó.

—¡Yo ya tengo uno si es niña! —expuso Charlotte.

Continuaron en una charla animada siendo observados de lejos por Odei que no quería acercarse a tantas personas. Los conocía a todos, pero prefería la tranquilidad y el sigilo de una tertulia pequeña.

—Podríamos debatir sin dudas a quién se parecerá si lo desean —mencionó Maxwell, sonriente y observando a Olive.

—Qué tontería. Eso no viene a discusión. Se parecerá a Odei porque, es un hecho de que ella se parece a la hija muerta del antiguo señor Horstman —alegó Olive, sin darse cuenta de que Odei estaba escuchando desde las escaleras.

Cuando Maxwell iba a replicar con ironía, miró hacia las escaleras y notó que Odei corrió hacia otro sitio de la casa con los ojos llorosos.

—Creo que se cumplirán los deseos de mi prima, iré a descansar un poco —refirió el joven para tristeza de Charlotte y felicidad para Olive.

Capítulo 2

Maxwell fue para buscar a Odei que entró a su habitación y se encerró. Golpeó la puerta con delicadeza y se asomó la niña con mirada triste.

—¿Estás bien, Odi?

—¿Mi padre dejará de quererme como dice Olive? —inquirió con la voz apagada, aunque para Maxwell era un milagro que dijera una frase tan larga.

—No. Mi tío te adora, eres su hija, te ha criado como una ¿dudas de su cariño?

Ella negó con la cabeza, aun así, no pudo evitar que las lágrimas se le escaparan.

—A él no le gustará verte llorar... —mencionó acariciando uno de sus bucles.

—¿Qué ocurre, Odi? —preguntó preocupado Lornell al notar que estaba llorando.

Odei se arrojó a sus brazos y lloró desconsolada sin que Lornell pudiera entender lo que acontecía con ella. Con sus ojos le exigió una explicación a su sobrino, que señaló al salón.

—Olive hizo un comentario que Odei oyó, no fue algo intencional.

—Odi, volveré en un momento. ¿No quieres ir junto a Ofelia? —inquirió Lornell con cariño, a lo que ella se negó, aferrándose a él, sollozando en sus brazos.

Lornell acompañó a Odei a su habitación y se quedó con ella hasta que se calmó. No le dijo nada, ella tan solo lloraba y quería ser consolada.

—Yo me retiraré. Tengo muchos pacientes que atender, ustedes son mis preferidos en el condado —mencionó Jeffrey con una sonrisa.

—Intentaré enfermar muy seguido entonces para que pase a visitarnos.

—Es la más saludable de la familia, señorita Olive. Tanto usted como la señorita Charlotte ahuyentan a las enfermedades con su viveza —dijo para halagar a las muchachas.

Ambas rieron, halagadas por tan encantadoras palabras.

Jeffrey hizo una reverencia y se despidió de ambas muchachas.

—Qué agradable es el doctor Flecher, ¿no crees, Charlotte?

—Mucho. Es extraño que no se haya casado. Es tan excelente partido, que siento que se le está escapando al condado.

—Creo que será como mi padre. Se casará viejo, dejará hijas pequeñas que deberán forjarse un futuro si no tiene parientes sinvergüenzas que se robarán lo que les pertenece —musitó pensativa.

—No es tu pariente, dudo mucho que acabe con algo como lo que dices. Él vive con su madre en la casa de piedras rojas. Es una mujer muy elegante que casi no sale de la residencia, pues no le gusta convivir con la gente del campo.

—Es muy distinta a su hijo, entonces.

—Olive, ven conmigo —mandó Lornell para que lo siguiera—. Charlotte, quedas en tu casa.

Ambas lo siguieron con la vista hacia el despacho de Lornell.

—¿Qué has hecho por eso usa ese tono de voz contigo? —curioseó Charlotte.

—No hice nada. No sé de qué puedan acusarme, salvo que la señorita Dunbar... —dijo levantándose para seguir a Lornell.

Sospechaba que lo que le diría aquel, era que faltó a una de las clases por dar un paseo en el bosque. Si era lo que pensaba, nada bueno sería lo que esperaba.

—Si la señorita Dunbar me...

—No es sobre la señorita Dunbar, aunque lo tendré en cuenta. Se trata de tu hermana Odei.

—¿Qué sucede con ella?

—Maxwell me ha dicho que tu hermana estaba llorando por algo que dijiste. Una indiscreción...

—¿Indiscreción? —indagó confundida.

—¿Qué dijiste que pudo haber puesto a tu hermana de tan mal semblante? Estaba inconsolable.

—Frente a ella no he dicho nada en absoluto. Comenté en el salón sobre el nuevo hijo o hija que tendrán. Dije que sería una niña idéntica a su hija que murió y que Odei le recordaba.

—No deberías hacer comentarios sobre eso. ¿Cómo crees que se siente tu hermana? Pudo haberlo interpretado de esa forma.

—Con lo curiosa que es, debió escuchar aquello y creer que usted dejaría de quererla como su hija si ya tendría una de su propia sangre.

—Eres la más inteligente de las tres Weatherly de esta casa. Deberías ser comedida en tus comentarios y no dejarte guiar por tontas especulaciones. Amo a Odei con todo mi corazón, nadie podrá reemplazarla.

—Sí, es notable cuanto ama a su hija Odei —resaltó con rapidez—. Tanto, que parece la única.

—Es más pequeña que tú y requiere mayor atención.

—Sepa que yo también lloro. Con permiso... —alegó antes de retirarse del despacho.

Al salir de esa estancia, Charlotte aún no se había ido. Pasó por la cocina para comerse unas galletas y distinguió la figura de Olive saliendo apresurada de la casa.

—¡Olive! —la llamó, corriendo con las galletas en el delantal de su vestido. Ella se giró a mirar a quien la llamaba y la esperó.

—Acabas de llegar, ¿a dónde ibas?

—A caminar. ¿Qué más puede ser? No quiero estar aquí.

—Te acompañaré.

Caminaron juntas, compartiendo las galletas que tenía Charlotte. Llegaron hasta la casa Weatherly que contaba con un cuidador. No entró, solo pasó de largo hasta el árbol donde estaban enterrados sus padres.

—¿Me dirás lo que te ocurre, Olive? —indagó.

—Él solo tiene una hija —contó sin poder evitar que su mirada se aguara.

—Yo no he visto diferencia en el trato. Es un padre para ti.

—No es mi padre, es mi cuñado y es la realidad. Mis padres están aquí, muertos. Ofelia no es mi madre, es mi hermana. Sería inapropiado quejarme de la suerte. Ofelia ha hecho lo posible por sus hermanas, pero tiene su familia y cada vez que llega un nuevo niño a la casa, me aleja más del señor Horstman...

Charlotte sacudió sus prendas de las migajas que tenía en ellas y abrazó a Olive para consolarla ante su pena.

Se quedaron hasta que casi les cayó la noche y tuvieron que retornar a su hogar por separado.

Jeffrey volvió exhausto a su hogar. Era feliz al salir de aquella casa, sin embargo, la vuelta era algo que no deseaba.

—Querido, estás tan maltratado por esta profesión. ¿No ha sido suficiente tu capricho? —increpó su madre al momento que dejó su maletín a un costado de la otomana.

—Soy feliz de esta forma, no deseo otra cosa.

—Estoy harta de este lugar, vámonos a donde pertenecemos, a Londres. Estás en edad de casarte y no lo has hecho.

Él se masajeó ambos lados de la cabeza al escucharla. Su voz le resultaba estridente y los reclamos eran los mismos.

—Usted es libre de escoger estar aquí o no. Iré pronto a un viaje para conocer más técnicas de medicina para este condado, pero no me quedaré en Londres.

—¡No quiero que en mi ausencia te comprometas con alguna campesina!

—Oh, madre. Estoy cansado del trajinar y de usted.

—Nunca has pensado en tu madre ni en tu familia. Eres tan egoísta por querer estar aquí y no a donde pertenecemos. Imagina cuando tu primo se muera.

—No quiero que se muera, y tampoco ambiciono nada porque no lo necesito.

—¡Eres el único que desprecia su cuna noble! Dejaste lo que te corresponde en manos de un administrador para venir aquí y poner en práctica lo que estudiaste en contra de lo que tu padre y yo queríamos para ti.

—¿Querían para mí estar ocioso, pululando borracho por las fiestas y acostándome con mujerzuelas como lo hacía mi propio padre? No soy frívolo como ustedes. Mi humanidad no me permite siquiera identificarme con mi familia.

—Bien utilizaste el dinero que hoy desprecias para estudiar.

—Ser médico me deja vivir tranquilo. Soy feliz aquí y pase lo que pase, me quedaré en Derbyshire. Está invitada a irse cuando lo desee, no he pedido su compañía.

Su madre golpeó su falda con violencia antes de retirarse con la frente en alto. Aquella nunca se rendía para que regresara a Londres.

No le interesaban sus bienes, pues él ganaba muy dignamente como un reconocido médico rural. Se podía dar el lujo de atender a gente sin recursos sin cobrarles.

Cuando subió a su habitación, abrió un baúl que tenía frente a la cama con dosel. Lo abrió y guardó dentro de ella lo que en ocasiones aceptaba como pago. Las familias humildes incluso le llegaron a dar gallinas. En otros casos, le daban objetos sencillos, juguetes hechos de madera, adornos de arcilla y otros. Cuando los dejó, tomó una de las últimas muñecas que le dio Olive Weatherly que era su paciente más incondicional. Cada vez le salían más bonitas y en las últimas le colocaba hasta cabello real a sus muñecas.

Apreciaba profundamente a la familia Horstman. Ofelia y sus hermanas fueron las primeras en darle la bienvenida a Derbyshire, nunca las olvidaría.

Capítulo 3

ara Olive era difícil sentarse a cenar en aquella mesa barullenta. No estaba en condiciones de hacer caso a los chascos de sus sobrinos y a los intentos de Maxwell por hacerle conversación.

Estaba pendiente de Lornell que se encontraba en la punta de la mesa. Con el tiempo su cabello iba teniendo más canas y de seguro la culparía a ella de la mayoría. Era la más enérgica niña que conoció. Desde pequeña demostró que era muy distinta a la preocupada Ofelia y a la silenciosa Odei.

Olive disfrutaba de la vida y siempre hablaba con sinceridad sobre su parecer en todos los temas donde se sintiera con capacidad de opinar.

—Me retiraré a descansar. ¿Puedes acompañarme, Olive? —pidió Ofelia con su característica dulzura.

—Sí, he acabado con la cena. Con permiso —se disculpó para seguir a su hermana.

Ofelia iba varios pasos por delante hacia su habitación. Olive la seguía cabizbaja porque suponía que Lornell no se había ahorrado detalles de la discusión que mantuvieron.

—Lornell y yo, estamos molestos contigo...

—¡No he hecho nada que merezca el enojo de ustedes! —se quejó.

—Olive, no debería gustarte hablar de otros y menos sin saber. Mi esposo está enojado porque piensas que no te quiere como a su hija.

—No me quiere, es una verdad absoluta, contundente y dolorosa. A ti te ama porque eres su hermosa y joven esposa y a Odei porque le recuerda a su hija. Con esa niña que esperas, Odei morirá de desconsuelo cuando sea reemplazada. Presiento que será una niña. A mí no me duele... siento que no me duele. Recuerdo muy poco a nuestros padres. Ustedes han sido afortunadas a su forma. Tú creciste con el amor de ellos y Odei no los recuerda, ustedes son sus padres, pero yo, Ofelia, tengo un gran vacío que no puedo llenar. Quedé en el limbo, con amor y sin él.

Ofelia relajó sus facciones que debían parecerle duras a su hermana, aunque a Olive lo que más le desagradaba era las palabras dulces que ella disfrazaba para decirle que algo había hecho mal.

—Él no hace diferencias entre ustedes, Olive. ¿No sabes que eres la muchacha más independiente que ha conocido? Te ha dejado ser auténtica ¿qué más afecto necesitas de su parte? Odei es alguien que tiene problemas y me cuesta admitir que su silencio me asusta. Su mirada necesitada es una angustia para nosotros porque desconocemos qué ocurre con ella. El doctor Flecher piensa que tan solo es introvertida y melancólica, sin embargo, yo pienso que quizás tiene algún problema serio que le impedirá casarse en un futuro. Te ruego, Olive querida, que no alientes discusiones e inseguridades a nuestra hermana pequeña.

—Yo también pienso que solo no le gusta mostrarse frente al resto. Contados son los ojos que pueden verla como es. Pondré de mi parte para no dar más disgustos y preocupaciones.

—No vuelvas a decir que Odei es el recuerdo de Beth, nos hieres a todos sin querer. Usa tu ingenio para algo bueno ¿comprendes?

—Por supuesto, Ofelia.

—Puedes irte, estoy muy cansada. Duerme bien, querida... —deseó Ofelia a su hermana, mientras esta cerraba la puerta con sigilo.

Cuando caminó por el pasillo antes de entrar a su habitación, distinguió a la fila de sobrinos que estaban con la niñera yendo a sus habitaciones.

Después, Lornell con su cojera llevaba a Odei en sus brazos. Ella estaba segura, recostada en su pecho.

Olive creyó por un segundo que envidiaba la suerte de su hermana. Tenía un padre que la mimaba y amaba. Su último recuerdo de su padre era verlo muerto en su cama y lo mismo de su madre. Ofelia trató de ser siempre fuerte y pensó que era igual a ella, pero estaba rota por haberlos perdido.

—Olive... —la llamó la voz de Maxwell que la estaba observando cuando ella iba a seguir a Odei y Lornell.

—Estoy cansada, Maxwell Horstman.

—¿Cansada para cabalgar conmigo y con Charlotte por la orilla del arroyo?

—¿Irá Charlotte?

—Sí, partiremos temprano. Escoge el caballo más bravo del establo o escogeré a una triste yegua para ti.

—¿Y la señorita Dunbar?

—Que se adelanten tus clases para cabalgar. Verá que en nada te pareces a una muchacha de Londres. No eres para nada ordinaria, Olive...

Ella le dio un puñetazo en el hombro y cerró la puerta. Maxwell comprendía que todavía era una niña y que si deseaba que fuera su esposa tendría que ser paciente como le sugirió su tío.

Olive se recostó en la puerta pensando en lo extraño que se había puesto Maxwell en su última visita. La seguía, adulaba y se comportaba como un caballero educado con ella. Debían ser los años de diferencia, puesto que su voz se había puesto más gruesa cada vez que los visitaba. Lo estimaba en demasía, como a un hermano que se dejaba maltratar por cariño. Él y Charlotte eran su refugio y apego.

Mirando al techo se negaba a dormir. Se sentía cansada. Su respiración le decía que lo estaba. Su caminata no pudo haberla cansado, ella hacía el doble de camino y quedaba fresca, en esta ocasión fue distinta. Tal vez su poca afectuosa charla con Lornell y su llanto descontrolado en la tumba de sus padres, fueran los motivos para encontrarse de esa forma. Era orgullosa para pedir disculpas a Lornell por su comportamiento y sus dichos. No quería hacerlo con el afán de dañar a su hermana, sino como un consuelo a su soledad de carecer de padres.

Se despertó con poco ánimo, aunque recordó la propuesta de Maxwell para ir a cabalgar y le agradaba.

—Buen día, señorita Olive. Veo que no está lista para empezar nuestra clase.

—Señorita Dunbar...

—No, señorita Weatherly. He visto a su primo el señor Horstman con claras intenciones de alejarse de la propiedad. La señorita Charlotte ha venido temprano y no con ropa para sentarse a leer.

—Maxwell no se queda mucho tiempo ¿le haremos el desaire de no aceptar cabalgar a su lado? —inquirió con sus penetrantes ojos azules.

—¿Y sus lecciones para ser una señorita?

—¡Le prometo que mañana serán dobles las horas de estudio!

—A su hermana no le gustará escuchar eso. La niñera de los niños está enferma y tendré que cubrirla. No se puede levantar por el terrible dolor de cabeza, debe ser a causa de alguna gripe. No me dé un problema más.

—Tendrá un día completo con los niños. Le digo que son unos demonios. Cuídese.

—Si salieron a usted, no lo dudo.

—Iré a despertar a su hermana Odei.

Suspiró aliviada al saber que no tendría problemas con la señorita Dunbar. Se apresuró a prepararse con un traje cómodo de montar.

—Buen día... —saludó a los integrantes de la mesa.

—Buen día, Olive, la señorita Dunbar se ocupará de los niños... —comentó Lornell.

—Me lo ha dicho. Charlotte y yo somos libres por este día para ir con Maxwell —replicó sentándose junto a su amiga.

—Maxwell las atenderá bien y elegirá yeguas tranquilas para ustedes.

—¡No era eso lo que esperaba! —farfulló Olive, enojada.

—Yo también espero mucho de las personas y tampoco ocurre lo que espero, Olive. En mi propiedad...

—Se hace lo que dice usted, señor Horstman —completó con molestia. Se colocó la servilleta sobre su vestimenta y se dedicó a desayunar.

Lornell no deseaba renegar contra Olive. Era más atrevida que cualquier muchacha conocida y se asemejaba a sus hermanas solo en el aspecto físico.

—Señor Horstman, la señorita Odei no se encuentra en su habitación... —informó la institutriz.

—¿No está con Ofelia?

—No, señor.

—Puede estar dando un paseo, sabemos que es asidua al campo. Gusta de andar sola —indicó Maxwell.

Reconocía a Odei como solitaria y callada, cuando iba de visita siempre la encontraba en el jardín, escondida o dando un paseo que duraba horas.

—Vaya a buscarla, señorita Dunbar, ella no sale sin avisar —mandó Lornell antes de abandonar la mesa.

—Se preocupa demasiado por Odei. Piensa que sabe todo lo que ocurre por su mente, pero no es así. Le cortará la inspiración con tanta protección —mencionó Olive después de que se haya ido Lornell.

—Calla, Olive. Provocarás su furia si se enoja —recomendó Charlotte.

—Nos iremos ahora, señoritas. Llevaré la cesta para comer, pueden dejar su agradable desayuno como está —sugirió Maxwell ayudando a las muchachas con sus sillas.

Charlotte estaba encantada con Maxwell, aunque era sabido por la mayoría que aquel tenía una marcada preferencia por Olive y que para que ella aceptara salir con él debían invitarla a ser el tercio.

Una vez llegaron a las caballerizas, vieron a la señorita Dunbar revisar detrás de cada arbusto del jardín.

—Los caballos que escogió mi tío por nosotros son estos. No pude hacer mucho porque tuvieran un mejor recorrido. No podremos jugar a las carreras, lamento decepcionarlas —dijo el joven con una mueca graciosa en el rostro.

Olive giró los ojos, y fue hasta la estación del caballo al que ella quería llevarse. No estaba prohibido montarlo, pero era muy arisco. Se acercó para acariciarlo y notó un vestido marfil muy cerca de las patas del animal.

—¿Odei? ¿Cómo entraste? Sal de ese lugar en este momento —ordenó queriendo coger a su hermana de un brazo, sin embargo, Odei esquivó el agarre y corrió hacia otro sitio, donde echó una escoba que se usaba para limpiar la caballeriza—. ¡No es un juego!

Aquella escoba fue la perdición para Odei, que terminó sin sentido bajo las patas del animal.

Capítulo 4

Olive gritó a no poder controlar al caballo que pisó varias veces a su hermana antes de salir corriendo.

Maxwell corrió a su auxilio al igual que Charlotte. Lo que vieron los dejó helados, Odei estaba magullada. Una de sus piernas estaba por completo torcida y su zapato había salido de ese pie. Tan solo se llegaba a ver la sangre que salía.

—¡Odei! ¡Odei! —exclamó Olive, arrojándose a la tierra donde estaba tendida su hermana.

Charlotte corrió hacia donde Lornell buscaba a Odei para que fuera hasta ahí.

—¡Haz algo, Maxwell! —exigió Olive al joven que no sabía de donde agarrar a la niña, parecía más frágil que nunca.

—¡Odei! —expresó Lornell, desesperado al ver a su hija en aquellas condiciones. Sin dudarlo la tomó en brazos para saber si aún seguía con vida.

Al notar que respiraba y sin importarle más, se la llevó a su habitación.

Olive le seguía, llorando.

Nunca podría olvidar aquella imagen tan horrible de que su hermana pareciera un muñeco de trapo bajo las patas del animal.

—¡Qué alguien vaya por el doctor Flecher! —expuso sin dejar a Odei por un minuto.

Ofelia temblaba al querer prestarle el auxilio a su hermana. Sabía que no era un simple golpe, era mucho más. De su pierna izquierda, la parte inferior estaba deforme. En su estado y con lo impresionable que le resultó la escena, cayó al piso, desmayada.

La residencia estaba conmocionada y a la espera de que el doctor de la familia apareciera para ayudarlos.

Ni siquiera la llegada de Jeffrey logró que saliera de su profunda tristeza.

Atendió a Odei en solitario, Ofelia no estaba en condiciones de nada.

Aquella tragedia golpeó con dureza a la familia Horstman.

Cuando Jeffrey bajó por las escaleras, se acercó a Lornell y al resto de la familia que esperaba noticias sobre el estado de salud de Odei.

—¿Cómo está Odei? —preguntó Lornell, preocupado.

—Se encuentra entre todo lo que le ha pasado, viva. Ha tenido un ángel porque si su cabeza era la que terminaba bajo el animal, ella no viviría para contarlo. Ha sido un descuido enorme con la niña —resaltó.

—¿Pero qué tiene? ¿Por qué no despierta? Estoy preocupada por su pierna, doctor —dijo Ofelia, recostada en el brazo de su esposo.

—Está rota en al menos dos partes y el dedo del pie está destrozado. Lamento tener que decirle que dudo sobre que la señorita Odei algún día pueda correr o bailar. Si camina lo hará con un bastón.

Estuvieron atentos aquella triste noticia. Los paseos que tanto amaba Odei, los debía dejar por mucho tiempo.

—Olive, ven conmigo —mandó Lornell en un tono que no admitía alguna negativa o excusa.

Ella no se encontraba en condiciones de enfrentar alguna culpa o acusación de su parte. Estaba muy dolida porque el sueño de cualquier muchacha para Olive sería imposible.

Lo acompañó hasta su biblioteca, él se sentó dónde siempre lo hacía y sacó de escritorio el tabaco para fumarlo, pero luego lo volvió a meter en su lugar porque recordaba que a ella no le agrada ese aroma.

—¿Qué hiciste en esta ocasión? ¿Por qué siempre estás cuando algo le ocurre a Odei? ¡Dímelo! —exigió.

—¡No hice nada! —se defendió —. Ella estaba en esa caballeriza e intenté sacarla, y ella no se dejó agarrar, ¡por qué siempre termino siendo la culpable!

Lornell se quedó callado, se acercó a Olive a quien notaba muy acongojada por la situación y él no ayudaba para aliviar su pena.

—Porque eres la mayor de mis hijos, Olive... —dijo y la abrazó —. ¿Qué haría yo si las pierdo a ustedes? Llegaron juntas y les amo igual. Me siento culpable de ser un mal padre para ti, pero he sentido que no me necesitas, eres independiente, en cambio Odei me demuestra que necesita de atención.

A él la voz se le cortaba porque no podía con la situación. La preocupación por Odei y ella, lo tenía en la cuerda floja.

—¡Pues yo también la necesito! ¡He llamado a su puerta de una manera diferente, sin llorar, sin reclamar y sin exigir! —replicó con ahínco —. Y al saberme ignorada, me abrí paso a mis amistades y la soledad.

—Lo siento, Olive. Siempre he amado tu independencia y te ayudé a cultivarla, si sabía que deseabas ser dependiente, te hubiera encerrado en mis atenciones hasta asfixiarte.

Ella se quedó callada y se abrazó con fuerza a él. Necesitaba con urgencia de su cariño de padre. Tan solo él podía llenar el vacío que la vida dejó en ella después de que sus padres fallecieron.

—Asfíxieme un poco entonces con su cariño porque lo necesito mucho —confesó, aferrada al pecho de él.

Esa reconciliación entre ambos era necesaria para continuar su mirada al frente.

Muchas veces quizás de manera inconsciente actuó por celos contra la otra niña de la familia, su hermana Odei, y al saber que era probable que otra entrara a despojarlas se le hacía un caso inconsolable que ni ella ni Odei podían tolerar.

Olive se consideraba en el fondo, celosa del afecto de Lornell. Le daba la razón en que él alentó su independencia, mientras su hermana Odei se dedicaba a buscar toda atención y amor del que aquella consideraba plenamente su padre, hasta llevaba su apellido y tal vez eso acrecentaba sus inseguridades.

Consideraba que estaba en una edad conflictiva, en donde percibía a las personas que conocía de diversas formas y comprendía hasta cierto punto las decisiones que tomaban. Cuestionaba todo con absoluta rebeldía y aquello se debía a la libertad que le daba Lornell. Él utilizó un afecto diferente para cada una de ellas. A ella le otorgó su amor con la libertad de expresarse y decidir por sus actos a corta edad. Qué difícil era reconocer lo equivocada que estaba en su parecer hacia él que las acogió.

Después que ambos arreglaron sus diferencias con afecto, Olive se dirigió al jardín. Su hermana al menos no se iba a morir y eso era muy importante para ella.

—Señorita Olive... —la llamó Jeffrey —. ¿Se encuentra bien?

—Doctor Flecher... Sí, estoy bien.

—Pensé que Lornell fue un poco duro con usted.

—No. Hemos hablado con la verdad y ya no debería cuestionarme nada sobre las decisiones que toma.

—Me alegro. Siempre lo he cuestionado por dejar que usted estuviera casi viviendo a sus anchas. Usted es una niña afortunada y tan pronto como se convierta en una dama notará lo que le digo.

—¿Quién no anhela la libertad?

—Es cierto, yo la deseo más que nadie.

—Usted es libre, es lo que veo.

—Mi querida señorita Olive, cuando sea mayor quizá le cuente que la vida es muy diferente de acuerdo a donde se nace —mencionó con un poco de tristeza en sus palabras.

—Entonces esperaré a ser más grande para saber. En pocos años seré mayor, mientras baila conmigo en un salón con mucha gente, me dirá lo que hoy me oculta.

—Es probable que la encuentre casada para ese entonces...

—¿Casada? Si lo hago será con alguien como usted. Que me quiera, me cuide y se preocupe por mí —contó, sonrojada.

Él agachó la cabeza y desvió su mirada hacia otro sitio.

—Ocurrencias de una niña... —razonó antes de tomar su mano para dejarle un beso.

Él regresó dentro de la residencia y dejó a la muchacha afuera para que siguiera en lo que le había interrumpido.

Olive suspiró después de que se fuera.

Para ella él era un ejemplo de caballero y lo que se enfocaría a buscar en cuanto tuviera la edad adecuada.

Capítulo 5

Después de dos años, Odei se fue recuperando de sus lesiones físicas, parecía ser la misma niña de antes, sin embargo, su nueva condición le había arrebatado sus corridas y parte de su felicidad, pero no sus caminatas en el bosque. Lo hacía con un bastón y con lentitud.

Olive admiraba que tuviera tanta entereza porque en ocasiones pensaba que si eso le hubiera ocurrido a ella, su vida perdería el sentido. Nació para ser refinada y bailar en los salones. Podía contar los años que le faltaban para debutar junto a su querida amiga Charlotte que, unos días atrás le había confesado que se sentía muy atraída por su primo Maxwell. La había cuestionado sobre eso diciéndole que ellos tres eran amigos y muy queridos, pero luego creyó que no debía juzgarla pues ella estaba en una situación peor que su amiga.

Apreciaba profundamente al doctor Jeffrey desde que lo conoció, aunque en los últimos meses, habían ocurrido cosas muy distintas dentro de ella. Cuando iba a revisar a sus cuatro sobrinos, comenzó a verlo con otros ojos. Siempre se ponía feliz de hablar con él, y se alegraba cuando alguien enfermaba en la casa porque él era el único que los atendía. Además de ser un amigo casi íntimo de su padre.

—¡Olive, Olive! —la llamó Charlotte, corriendo hacia su casa. Ella estaba mirando por el sendero que había andado su hermana Odei en aquella primavera. Estaba segura de que iría a recoger flores silvestres para dárselas a Ofelia y que ella las colocara en el salón y la biblioteca de Lornell.

—Charlotte, como siempre gritando por alguna pradera —dijo Olive con una sonrisa.

—Es que recibí una carta de tu primo Maxwell. Me ha llamado querida amiga...

—A mí me llama querida Olive. Odio que lo haga, pero cuando no está aquí lo extraño, no hay que decírselo porque se quedará tonto.

—Eres la única que no se ha dado cuenta de que Maxwell se enamoró de ti.

—Boberías, Charlotte. Es muy cariñoso y cuidador porque soy su prima. Vaya que si le dices esto se te reirá en la cara.

—Quisiera ser tan afortunada como tú para que él me tratara con tanto afecto como a ti. En fin, me dijo que vendrá en unas pocas semanas y estaba pensando en hacerle un presente juntas.

—¿Qué le regalarías?

—Le regalaríamos... —corrigió Charlotte con complicidad—. He pensado en dos afectuosos pañuelos con su nombre. Escuché que muchos caballeros aprecian un buen bordado.

—¿Y si se lo preguntamos a la señorita Dunbar?

—Nos cuestionará sin dudas las razones por las que vamos a bordar. ¿Y qué le diremos?

—¡Oh, señorita Dunbar, haremos unos coquetos pañuelos para un caballero! —expresó Olive, exagerada.

—En el mejor de los casos nos castigará, y en el peor quedará tan escandalizada que nos delatará con nuestros padres y dirá que somos unas chiquillas libertinas.

—Me parece que exageras. Tampoco es para tanto. ¿Crees que al doctor le gustaría un pañuelo con su nombre?

—¿Al doctor? Olive...

—He considerado algunas cosas estos últimos días. Coincido en muchos aspectos con tus síntomas de enamoramiento hacia Maxwell, pero lo que siento va por el doctor. Desde que Odei tuvo ese desafortunado accidente, he tenido más tiempo de conocerlo. Es encantador. Antes solo podía ver su tan afamada bondad y su ejemplo de lo que debía ser un caballero. Hoy puedo ver al hombre detrás de aquellos artefactos que carga con él. Era quizá mi inmadurez la que no me dejaba percibirlo de una manera distinta. Mi pecho late más fuerte cuando lo veo y la ansiedad de que me dirija la palabra me consume cuando se encuentra en la casa.

—Qué bonitos sentimientos, Olive, pero no es suficiente que tú lo percibas de manera diferente, él también debe hacerlo, porque de lo contrario, quedarás como yo: con lindos sentimientos, mas siendo ignorada por el objeto de mis afectos.

—¿Y cómo sabré qué piensa de mí?

—Me parece que de esas cuestiones debe saber la señorita Dunbar porque yo lo desconozco por completo.

—¡Señorita Dunbar! —exclamó Olive al ver a su institutriz que estaba yendo hacia la cocina—. Es probable que la llamara con el pensamiento.

—Señorita Olive, si usted me busca no es para nada bueno, hasta puedo olerlo.

—¡Señorita Dunbar! —dijo al fingirse ofendida—. Quería hacerle una consulta. Mi querida Charlotte no se atreve a decirlo, por eso lo haré yo en su nombre y con pleno interés de ella.

La señorita Dunbar miró a Charlotte que negó con la cabeza muchas veces y se había puesto colorada por las insinuaciones de Olive.

—Dudo que ella al menos pensara en algún cuestionamiento ajeno a lo trivial...

—Como desee pensarlo, señorita Dunbar. A lo que la hice venir... ¿Cómo sabemos qué opinión tiene un caballero sobre una dama?

Olive y Charlotte abrieron los ojos como si fuera que podían escuchar con ellos. Estaban expectantes al rostro pensativo de la institutriz.

—Pues hay varias maneras propias e impropias. Les diré ambas porque sabrán cuál es el camino correcto para las muchachas como ustedes. Primero la manera correcta. Consiste en esperar que el caballero hable sobre sus pensamientos. Si las busca con mucha frecuencia es muy probable que considere que son buena compañía y eso es lo que muchos caballeros buscan.

—¿Esperar a que hable y nos busque en repetidas oportunidades es todo? Eso no dice nada... —gruñó Olive con los brazos cruzados bajo el pecho y el ceño fruncido.

—Y la manera en que se ridiculizarán, pero conseguirán con exactitud lo que buscan es con un presente. Si el caballero lo toma es porque le ha resultado agradable y si no, ya saben... —continuó la institutriz mirando a la poco conforme Olive—. Bien, ahora iremos a lo que la señorita Olive haría si quisiera saber la opinión que alguien tiene de ella.

—¡Yo me sé esa, señorita Dunbar! —expuso Charlotte que levantó una mano para responder.

—Cualquiera se sabe eso, señorita Charlotte —replicó para la joven que sonreía y luego miró a Olive que achicó los ojos para mirarla—. Ambas sabemos que, usted; y no me mire de esa forma, señorita Olive, le hablaría de frente al caballero y le sacaría hasta la oración que hace antes de dormir, porque usted no puede con su curiosidad.

—Es cierto, lo admito, pero, señorita Dunbar, ¿quién podría estar tranquilo ignorando lo que piensa sobre una su ser querido? Es mi justificación para sacarle hasta sus secretos.

—¿No me diga que desea preguntarle a su primo el joven señor Horstman lo que piensa de usted? —inquirió una burlona señorita Dunbar.

—No. ¿Por qué habría de perder mi tiempo con Maxwell? Sé lo que piensa de mí, y es así como pienso yo de él. Somos primos, ahí hay cariño de verdad.

—En fin, supongo que no he despejado ninguna duda de ustedes. Esta tarde toca el té. Recuerden que oscurece más temprano en estos tiempos —dijo la señorita Dunbar antes de continuar con sus ocupaciones.

Charlotte miró a Olive para intentar descifrar la mirada pícara de su amiga.

—Voy a bordar el nombre del doctor en un pañuelo. Ese será mi pago en lugar de las muñecas.

—Olive, no te metas en un problema.

—Charlotte, si no lo hago jamás sabré si alguna vez tuve una oportunidad de ser correspondida por quien a mí me agrada.

—Entonces yo le bordaré algo a Maxwell y tú no lo harás para que no se mal entienda.

—Pero si tú se lo bordas él sabrá de tus intenciones. Si ambas lo hacemos la verdad pasará disfrazada de varios pañuelos para que se limpie la nariz. ¿Acaso quieres que sepa que lo adoras?

—¡No! —estalló, avergonzada Charlotte—. Por supuesto que no.

Luego de aquella conversación con su amiga, ella se decidió a hacer dos pañuelos, uno para Maxwell y el otro para el doctor Flecher.

A ella no había cosa que le saliera mal. Era diestra en todo lo que emprendía le agradaba el piano, bailar, cantar, encargarse de la jardinería, cabalgar, bordar, coser, cocinar y lo que fuera que le sugiriera su cabeza que podía hacer.

Sabía que el doctor Flecher debía ir en unos días para ver a su sobrina que tenía un fuerte resfriado. Recordaba a Margo; como le decían de cariño a Margaret, cuando estornudaba y de su nariz quedaba colgando una flema que la superaba en tamaño, siempre le arrebataba una sonrisa con las ocurrencias de la pequeña. Odei era más calmada en su trato con ella. La ayudaba a jugar y en ocasiones la llevaba a sus paseos por el bosque para que saliera de la mirada escrutadora de sus padres.

—¡No puedo creer que me haya quedado tan bonito! —expresó, Olive sonriente al admirar el fruto de horas de trabajo para su pañuelo.

Se acercó a su frasco de perfume y lo difuminó encima para que su aroma fuera atrayente.

Escuchó el relinchar del caballo que estiraba el landó de Jeffrey.

Había terminado en el momento justo para entregárselo a la salida.

Capítulo 6

Jeffrey llegaría para atender por última vez a la familia Horstman. Tendría que abandonar a sus amistades por unos años para conocer otras especialidades y ampliar sus conocimientos. Ser médico rural no debía impedirle que extendiera sus horizontes.

Su madre era la única que estaba contenta con aquella decisión. Odiaba la vida en aquella pequeña localidad de Derbyshire. Aquella pensaba que él se iría para asumir sus responsabilidades como lo que era: un noble y aristocrático cuyas raíces iban hasta el monarca desde el lado de su padre.

Quisieron persuadirlo de joven para que no estudiara medicina, pero sus convicciones habían sido muy fuertes. Después de que conoció a las hermanas Weatherly supo lo que era la felicidad en la sencillez y el día a día. No era un muchacho que por capricho le llevó la contraria a su familia, ni por rebeldía mucho menos, sino por su afecto al prójimo.

Cuando descendió del pescante, se quedó mirando a la casona que frecuentó durante años para visitar a aquellas niñas.

Sus pensamientos eran turbulentos por tener que abandonar su comodidad y sus amistades, sin embargo, era para el futuro beneficio de ellos y quizás encontrara soluciones para otras enfermedades desconocidas.

—Doctor Flecher —saludó Odei que regresaba de su caminata.

Él le sonrió.

Siempre parecía ver a Ofelia en ella, era una versión más pequeña y triste que ella. Sus sonrisas eran escasas al igual que su habla.

—¿De dónde viene, señorita Odei?

—De ver un nido de pájaros coloridos.

—¿No ha podido capturar uno?

Negó con la cabeza y con mucha seriedad en su rostro.

—Son libres.

—Es cierto, ¿y su hermana Margaret?

Ella señaló hacia la casa que estaba frente a ellos y se dirigió a entrar.

Su caminata era lenta con el bastón, no obstante, cada vez le parecía más cómodo. Admiraba su fortaleza para ser una niña limitada cuando veía a sus hermanos correr y saltar por aquellos extensos campos. Caminó detrás de la niña que se dirigió a la biblioteca de su padre y él se quedó en el salón.

—Doctor Flecher, qué complacida estoy de que esté aquí en nuestra casa. Margo se encuentra mucho mejor —dijo Ofelia al recibirlo con la niña de cabellera encrespada en sus brazos.

—Gracias. Entonces, vine a la hora justa del té —mencionó. Hizo que Margaret abriera la boca para mirar su garganta y luego miró sus fosas nasales que estaban despejadas.

—Sí. Llamaré a Olive para que nos acompañe al té. Hoy no vi a Charlotte por la casa, por lo que quizá se encuentre sola sin su compinche.

—Es cierto, parecen gemelas inseparables —rio Jeffrey.

—Pediré que nos sirvan el té en la terraza del jardín.

Los niños pequeños no integraban la mesa del té, con suerte estaba Olive entre ellos.

—Me alegra que todos los miembros de la familia estén saludables antes de que me vaya, señor Horstman —indicó Jeffrey, después de bajar su taza en la mesa.

—¿Se irá, doctor? Extrañaré que esté con nosotros en las cenas —resaltó Lornell.

—Es una verdadera pena que al final cumpla con lo que tenía pensado, doctor Flecher —lamentó Ofelia, triste.

—He atrasado esta decisión más por ustedes que son mis pacientes más especiales, pero regresaré para quedarme aquí.

Olive había dejado de morder la galleta que estaba en su boca. Al parecer no podía morder y entristecerse a la vez.

—¿En cuánto tiempo regresará? —preguntó Olive. Hizo un esfuerzo después de tragar lo poco que masticó.

—Es incierto, señorita Olive.

—¿Y no le da pena abandonarnos si somos sus pacientes más especiales? —interpeló.

—Olive —reprendió Lornell. Ofelia se resignaba a la forma de ser de aquella hermana suya.

—Está bien que lo pregunte —replicó Jeffrey para calmar los ánimos—. Puede que sean tres o cuatro años.

—¡Tanto tiempo! —se quejó la muchacha.

—Olive... —insistió Ofelia con la reprimenda de Lornell.

—Está bien. Quiero saber, ¿qué tiene de malo? El que desea saber pregunta, ¿O no es así? Al parecer la señorita Dunbar estaba equivocada si me reprenden por indagar.

—La señorita Dunbar no está equivocada, señorita Olive —respondió Jeffrey—. Le aseguro que el mundo no está preparado para su literal forma de pensar, pero está en su derecho de preguntar.

Para Lornell y Ofelia era una misión casi imposible que Olive fuera convencional. Siendo tan inteligente como se demostraba, esperaban que ella fuera un poco comedida en sus expresiones y su intempestivo temperamento.

Pasó el resto del té como lo que era: la oveja negra e incordio de la familia Horstman. A la mirada de Lornell era a lo que más le temía porque estaba segura de que cuando Jeffrey se fuera, su boca tendría una reprimenda de aquellas que no tenía en años.

Jeffrey revisó a cada uno de los miembros de la familia y se despidió en orden de los hijos de Lornell y Ofelia que estaban muy acostumbrados a su presencia en la casa. Odei lo despidió con tristeza, una muy notable, pero no dijo mucho más que: ¿Se irá?

No se equivocó cuando creyó que su despedida de Odei sería difícil. Aquella niña seguía sin hablar mucho y él no había podido descubrir las razones de su poca interacción, aunque sabía que era inteligente.

Olive tenía aquel pañuelo en su mano y estaba muy nerviosa. No había esperado que él se fuera. Aquel podía ser una fantasía de amor de ella, no obstante, eso solo lo sabría con el paso del tiempo.

—Pensé que no iba a despedirme de usted, señorita Olive. Se escondió después del té —resaltó Jeffrey.

—No podía dejar que se fuera sin que supiera cuánto me entristece su partida.

—A mí me entristece mucho más. Usted fue a la primera persona que atendí aquí en este condado. Nadie nunca me había pagado con muñecas...

Ella sonrió y se sonrojó.

—Ha sido una buena costumbre durante mi niñez, pero ya soy una mujer —resaltó sin dejar de mirarlo—. Por eso cambiaré mi presente por un pañuelo para usted.

Olive le mostró el pañuelo y se lo extendió para que lo cogiera de su mano.

Jeffrey no dudó en agarrarlo. Una vez en su mano, se lo llevó a la nariz para inhalar el delicioso aroma que desprendía aquella tela.

—Es un detalle muy hermoso, señorita Olive y huele maravillosamente. Me halaga que incluso tenga mi nombre —concedió, sorprendido.

—Le diré con ese pañuelo en su mano, que lo estaré esperando cuando regrese.

—Espero que no enferme en este tiempo que estaré ausente.

—Me enfermaré cuando sepa que usted regresó, lo prometo. Mis enfermedades le pertenecerán.

Él rio a carcajada suelta por lo que había dicho aquella muchacha. Olive siempre era tan ocurrente.

—Siempre es una niña muy lista.

—¡No soy una niña! —masculló sin mucha gracia en sus palabras—. ¿No ha notado que soy una mujer?

Jeffrey frunció su ceño. La dulce Olive parecía muy ofendida por su comentario.

—Ante mis ojos usted siempre será mi paciente más agradable, señorita Olive. Sin dudas ha crecido, y me cuesta darme cuenta de que el tiempo pasa y la gente cambia.

—¿Mi presente no ha hecho que me viera diferente? —Preguntó un poco decepcionada—. Porque a usted sí yo lo veo con otros ojos, doctor, y no son con los ojos de una paciente afiebrada por una enfermedad. Le digo que pondré mi mano a su disposición para cuando regrese...

No podía más que quedarse tan callado como una tumba. Estaba sorprendido por las palabras que le dijo la muchacha. ¿Qué sabía una niña de sentimientos para entregar a alguien su mano?

—Señorita Olive, lamento su confusión. Será afortunado el que goce de su mano en el futuro. Es probable que me vea como un ejemplo de lo que debería ser un caballero, y me honra.

—En verdad pensé que... No importa lo que pensé. El tiempo me demostrará si estoy confundida. Piense en mí, y no me olvide porque yo no lo haré. Le deseo un buen viaje y un pronto regreso —dijo antes de acercarse a él y darle un beso en la mejilla antes de salir corriendo como alguien que cometió un delito.

Jeffrey se quedó consternado. Miró hacia donde se había ido Olive en su intempestiva corrida. ¿Qué fue aquello? Se cuestionó, confuso. Culpaba a la edad que estaba haciendo estragos en su pensamiento. Nadie había sido inmune a las aventuras de aquella tierna edad.

Miró el pañuelo y se lo volvió a llevar hasta la nariz para luego guardarlo en el bolsillo de su levita.

Olive había salido humillada y avergonzada de su último encuentro.

—¡Que no soy una niña! —masculló en voz alta para sí.

Estaba muy molesta por la ligereza con la que el caballero y objeto de sus afectos se refirió a ella. No la había insultado, pero ella esperaba mucho más de aquella confesión que le hizo. Tan solo le quedaba que regresara para que notara que de aquella niña que conoció enferma en una cabaña no quedaba nada.

Capítulo 7

Dos años más tarde...

Olive cumplió sus dieciocho años. Amaba los bailes públicos y privados a dónde eran invitados. Charlotte era su acompañante y cómplice en todo lo que hacía.

Se divertían juntas e iban y venían de un lugar a otro en cada salón, unidas de las manos. Las únicas veces que se separaban era cuando las invitaban a bailar, acto que disfrutaban en demasía. Ambas gozaban de la preferencia de los caballeros. Eran bonitas e inteligentes, aunque ninguna hubiera recibido aún una propuesta, era muy pronto, pues apenas empezaban a gozar de sus vidas en los salones.

—Maxwell vendrá como todos los años, Charlotte. Hoy mi padre recibió una carta, ¿no te parece extraño que no nos haya enviado una? —comentó y luego preguntó Olive.

—Te he dicho en varias oportunidades que solicitará tu mano. Que me caiga un rayo si no es así.

—Oh, Charlotte, eso no ocurrirá. Maxwell no se expondría a semejante tontería. Más bien yo considero que tú serás la próxima señora Horstman.

—Dios te oiga, aunque dudo que ocurra.

—Observa a tu alrededor, Charlotte, esto es apenas una parte de lo que es la sociedad. Es el campo y tú quieres casarte con Maxwell habiendo tantos caballeros en Londres, porque tengo para ti una sorpresa. Iremos a Londres, en los grandes salones. Los padres de Maxwell estarán complacidos con nuestra visita, además de la tía Lorreine que no hará más que desear tenernos en su casa.

—¿Ir a Londres? ¿Crees que mi madre me dejará ir?

—¡Por supuesto! —exclamó con suficiencia—. Escuché a Ofelia decir que no podrían separarnos por lo que tu madre le hará compañía en Londres.

Charlotte sonrió. Quería conocer Londres y a la afortunada prima de las hermanas Weatherly de nombre Katherine. Sabía por Olive que aquella logró ingresar a la aristocracia por medio de un buen matrimonio.

—¿También visitaremos a tu prima?

—Sí. Katherine siempre ha sido muy amable con nosotras.

Fueron interrumpidas por sus asiduos admiradores en el poco tiempo que llevaban bailando.

—¿Crees que el doctor Flecher estará en Londres durante la temporada?

—¿No estabas enojada por su rechazo?

—Era una cría. No podía esperar mucho de la madurez. He pasado gran vergüenza si es que lo pienso hoy. El enojo por lo que me dijo se me ha ido, no hay nada fuera de la verdad en lo que mencionó. Esperemos poder encontrarlo.

Bailaron hasta que los pies le dolieron. Lornell hacía asistir a Olive en las mejores oportunidades de baile del condado. No quería privarla de las experiencias que tendría. Ofelia no había corrido con la misma suerte. Se casó joven con él y para el corto tiempo fueron llegando sus hijos con pocos años de diferencia entre ellos. Asistían a bailes, pero siempre su esposa se preocupaba por sus hijos o sus hermanas y regresaban temprano.

—¿Se han divertido esta noche? —indagó Lornell al notar que Olive se apretaba los zapatos en los pies al estar dentro del carruaje para regresar a la residencia.

—Por supuesto, señor Horstman. Adoramos los bailes —respondió Charlotte, animada.

—Mañana debería llegar Maxwell, él las cuidará muy bien cuando comience a acompañarlas.

—Puede que Maxwell sea divertido también bailando así como lo es para otras cosas. Londres debe parecerle devastadora para desear venir aquí cada año —resaltó Olive.

—Le agrada el campo. Se dedicará a la crianza de caballos en una propiedad cercana... —dijo Lornell y luego dirigió su mirada a Ofelia que parecía risueña.

—Pasarán mucho tiempo en esa propiedad, lo puedo asegurar —agregó Ofelia que esperaba que su hermana la complaciera con un enlace entre ella y Maxwell.

—Es evidente porque nos gustan los caballos, ¿no es así, Charlotte?

—Sí, Olive. Los cuidaríamos en su ausencia.

Dejaron a Charlotte en su casa y luego pasaron a la suya. Olive se bajó con los zapatos en la mano, saltando como una gacela antes de abrir la puerta.

Ofelia y Lornell la seguían no solo con la caminata, sino también con la mirada. Olive era única entre los miembros de la familia. Irradiaba felicidad, además que era alguien muy asertivo en sus comentarios y agradable para compartir. Animaba a cualquiera con su forma de ser.

—Mis hermanas crecen muy rápido —dijo Ofelia. Colocó la mano en el pecho de su esposo y le sonrió.

—Siento que pudiste haber sido como ella. Lo siento.

—¿Por qué lo sientes? Cada quien tiene su suerte y la mía es envidiable. Un esposo, cuatro hijos y dos hermanas.

—¿Y dónde han quedado tus sueños?

—Lornell, si mi sueño eres tú. De nuevo te encuentras cuestionando nuestro matrimonio —dijo, melancólica.

—Pudiste ser la dueña de Chatsworth House. Esposa de un hombre joven... —razonó.

—¿No eres acaso un poco de feliz como lo soy yo?

—Lo soy. Soy afortunado y te aseguro que también el más feliz, pero veo a Olive y recuerdo que llegaste aquí a esa edad con dos hermanas pequeñas en lugar de haberte conocido danzando. No tuviste tiempo de vivir.

—¿Estoy equivocada o lo que tengo es vida? Mi vida y mi felicidad son ustedes. No me he perdido de nada fuera de esta casa. No pienses en cosas que solo te traerán dolor y congoja, Lornell. No lamentes haberte casado conmigo, porque de haber sido tu pupila sufriría mucho al estar casada con otro amándote a ti.

Lornell se abrazó a ella y cerró sus ojos. Era tan afortunado de tenerla a su lado. Aquella mujer trajo la felicidad a su vida y llenó su casa vacía con risas y alegría de tantos niños.

Subieron las escaleras, abrazados, sin darse cuenta de que Olive se había perdido de ellos detrás de la puerta de su habitación.

Olive tenía una sonrisa de felicidad. Estar en sociedad es lo que había esperado y para lo que la instruyó la señorita Dunbar, que en ese entonces hacía lo posible por pasarle aquellos útiles conocimientos a Odei, pero ella parecía no apreciarlos de verdad. Si bien escapó de varias clases, al menos no parecía ignorar a su institutriz como lo hacía su hermana.

Por la tarde del día siguiente el carruaje que llevaba a Maxwell llegó hasta la residencia de los Horstman. Olive lo recibió como era su costumbre con bromas y un par de golpes amistosos.

—Olive, eres una dama, no deberías saludar de esa forma —reprendió Maxwell, aunque sin mucho poder en sus palabras. Más parecía una solicitud amable para que se comportara.

—Es como siempre lo hago, si algún día te saludo de manera diferente es que deberías temer. Llegaste para la cena, pero mañana saldremos con Charlotte a cabalgar, ¿No es así?

Maxwell guardó silencio, observó a su tío esperando a que aprobara su actuar.

—Quizá en otro momento. Quisiera descansar un poco y pasear con Odei.

La niña al escuchar su nombre, sonrió. Maxwell al parecer era la única persona que lograba comprenderla en su silencio.

—Qué tacaño te has vuelto con tu tiempo, Maxwell. Charlotte te odiará cuando lo sepa —provocó Olive con malicia.

—No te atreverías, Olive...

Olive percibía más nervioso que de costumbre a su primo. Lo vio en varias ocasiones mientras giraba con premura su sombrero en su mano. Además de que estaba muy extraño por no querer invitar a Charlotte a sus paseos en los que estaban acostumbrados a hacer los tres juntos.

Se cuestionó por un minuto que era probable que Maxwell ya no estuviera dispuesto a ser el cuidador de damas en edad casadera, habían dejado de ser unas niñas.

Durante la cena, Maxwell comentó en la mesa sobre la temporada en Londres y el reavivado congreso. Sobre aquel asunto discutieron hasta el cansancio él y Lornell. Ofelia y el resto de la familia los ignoraban, aunque había alguien que le prestaba atención a lo que aquellos decían.

A Olive le aburría la política. No quería escuchar de ella, pero al parecer los caballeros gustaban hablar de eso.

Ella bufó y dejó su servilleta en la mesa.

—Maxwell, estás muy aburrido. Hablar de política y negocios cuando deberíamos disfrutar la cena es de pésimo gusto —dijo con un mohín en el rostro.

—Si no hablo al menos de un tema aburrido estarían escuchando el tintineo aburrido de sus cubiertos.

—Supongo que la cena es para comer. No eres de mi agrado hoy, Maxwell, porque ignoraste invitar a Charlotte.

—Lo haremos después, Olive.

—No creas que me agradas más por darme esperanzas. Habla más sobre Londres y no tanto sobre la cámara de Lores.

—¿Qué deseas saber? Mi tío dice que irás muy pronto.

—¿No has visto al doctor Flecher?

—No. Es un hecho de que nadie conoce al doctor Flecher en Londres —respondió el joven.

—Es probable que él fuera a estudiar a otro país, Olive. Todos los años preguntas lo mismo —mencionó Ofelia.

—¿A nadie le parece raro que nadie lo conozca y él haya venido de ahí?

—Londres cada vez tiene más gente. No es posible que se conozcan entre todos —intervino Lornell.

—Pero un médico es referente en cualquier sitio. ¿Quién no se enferma? Yo, pero... Es un asunto ajeno. Las enfermedades me rechazan —insistió Olive.

En esos años el doctor Flecher se había esfumado de sus vidas. No quería pensar que le había ocurrido algo y que no formaba parte de los vivos como su madre y su padre.

Capítulo 8

Al acabar la cena, Maxwell hizo un intento para quedarse a solas con Olive, pero ella se retiró a su habitación sin detenerse mucho en él, pues estaba muy molesta para compartir a su lado cualquier actividad. Que hubiera excluido a Charlotte le resultaba imperdonable y más por lo que ella sabía sobre sus sentimientos por él. Era tan evidente su falta de correspondencia que no podía perdonárselo.

—Es probable que mi propuesta de matrimonio resulte con una respuesta negativa por parte de Olive —mencionó el preocupado joven frente a su tío.

—Olive es una muchacha un tanto bulliciosa, pero inteligente. Sabrá entender que un matrimonio con alguien que compartió su vida desde la infancia es mucho mejor que un desconocido cuyos desatinos son indefinidos —dijo Lornell para que su sobrino no decayera.

—Querido Maxwell, estoy confiada en que Olive tomará la mejor decisión que será casarse contigo —lo animó también Ofelia—. Tienes todo lo que podría necesitar de un caballero y te aprecia mucho.

Él asintió, aunque sus presentimientos le decían que Olive no estaba interesada en él como un hombre porque lo veía como a un primo al cual le tenía afecto. Había ido confiado hasta aquel lugar, tan solo para caer en cuenta de que no compartían las mismas expectativas de vida, o al menos de la vida en común.

En la mañana del día siguiente, Olive lo miraba sin aprobar cualquiera de sus movimientos. Entregarle un caballo para que cabalgaran se había convertido en una odisea. Salieron los dos juntos de la propiedad para la cabalgata y ella seguía ignorándolo.

—Olive, ¿podrías dejar de odiarme al menos por unos minutos? —pidió Maxwell a la arrebatada muchacha—. Te diré la razón por la que Charlotte no está aquí.

Las palabras dichas por él fueron dignas de su atención.

—Te escucho, Maxwell Horstman.

—Bajemos de los caballos para conversar en aquella sombra, ¿estás de acuerdo?

Ella asintió y fueron hacia donde él dijo. Dejaron a los caballos pastando en la pradera y ambos se sentaron bajo el muérdago.

—Quiero oír tus inexplicables razones para la ausencia de Charlotte en este lugar. Considero que no mereces perdón de nadie, y cuando se lo diga, espero que te repudie como amigo...

—Ella no está aquí porque quería conversar a solas contigo, Olive. Necesito decirte algo muy íntimo.

—¿Algo intimo? Si entre nosotros tres no hay secretos, ¡vaya tontería! —farfulló.

—Desde que tenías unos trece años he pensado en ti como la persona ideal para ser mi esposa, Olive. Debí esperar a que cumplieras la edad necesaria para decirte mis intenciones de convertirte en mi esposa. Eres inteligente, hermosa y divertida. Todo lo que deseo en esta vida.

Olive abandonó su sitio junto a Maxwell y se paró frente a él con unas inmensas ansias por llorar. Había demostrado fortaleza frente al resto durante años, pero con Charlotte y Maxwell se abría completamente.

Se sentía traicionada por su primo.

No deseaba creer que su querida Charlotte tuviera razón con respecto a Maxwell y que tomara las intenciones de él con tanta ligereza.

No emitía sonido alguno, miraba a su primo con mayor desaprobación.

—¿Me honrarías siendo mi esposa, Olive? Pongo lo que tengo y lo que soy a tus pies.

—No podría honrarte porque estoy muy decepcionada y me siento traicionada por ti —mencionó antes de echarse a correr.

Maxwell corrió tras ella un par de leguas, pero al ver que ella tenía su vestido casi sobre la rodilla reculó para seguir a la candidata fugitiva. La propuesta de matrimonio había tenido el peor resultado jamás imaginado por su creativa mente.

La señorita Dunbar reconoció la figura de Olive que iba corriendo hacia la residencia, Odei también miró a su hermana que corrió con tanta velocidad que le faltaba poco para que sus huellas se convirtieran en polvo.

Ella llegó a su casa sin hacer ninguna parada en el trayecto y cruzó a su hermana antes de subir hasta su habitación.

—¿Olive? —preguntó Ofelia. Supuso que con la llegada de su hermana la propuesta de Maxwell había fracasado.

Corrió para buscar a Lornell para que fueran juntos a ver lo que ocurría con ella.

Olive desde su cama se sorbía la nariz, embargada por una profunda tristeza que parecía no tener fin. Nunca podría volver a mirar a Maxwell con los mismos ojos y era eso lo que más le dolía.

—¿Olive, me dejas entrar? —interpeló Lornell desde el otro lado de la puerta, esperando a que ella le diera una respuesta.

Se levantó de la cama y abrió con lentitud la puerta.

—¿Qué te ocurrió, querida? —interrogó Ofelia.

—Maxwell ha traicionado mi confianza y mi amistad de la manera más burda que existe —confesó.

—¿Qué te ha dicho? —continuó Lornell.

—Me pidió matrimonio.

—Oh... —emitió Ofelia, sorprendida.

—Una propuesta de matrimonio de Maxwell no debería parecerte ofensiva, Olive. Esperábamos que aceptaras que te cortejara —confesó Lornell.

—¿Lo sabían?

—Sí. Desde hace mucho tiempo. Creo que aquel pañuelo que le diste lo convenció de que tú sentías lo mismo —dijo Ofelia.

—Pero si Charlotte también le dio un pañuelo y no lo veo pidiéndole matrimonio. El caso es que ella sí está interesada en Maxwell. ¿Alguien es capaz de comprender mi pesar? Pierdo a mis amigos de toda la vida. A Maxwell por querer casarse conmigo y a Charlotte porque él quiere casarse conmigo.

Ofelia se acercó para abrazar a su hermana. Lornell estaba muy decepcionado de que Olive no estuviera interesada en su sobrino, pero ella era su hija y debía apoyarla en sus decisiones.

Maxwell regresó con los dos caballos a la residencia. Estaba avergonzado y humillado por lo ocurrido. No le quedaba más remedio que dimitir en su propuesta para Olive. Aquella había quedado muy ofendida por su confesión, que quizá deseara retirarle su amistad.

No deseaba que su estadía en la casa se extendiera por mucho tiempo en esas condiciones, sin dudas cayó ante los ojos de su amada amiga.

Por la tarde, el joven desesperanzado, golpeó la puerta del estudio de su tío, cuando escuchó su voz que lo autorizaba, pasó junto a él.

—No he podido conversar contigo, Maxwell. Olive nos ha contado sobre tu propuesta, y para mi sorpresa y la de Ofelia, te rechazó.

—¿Puedo sentarme, tío?

—Hazlo.

—Sí, es cierto que fui humillado en el rechazo, pero pienso que ella está más afectada, temo que desee prescindir de mi amistad por el resto de nuestras vidas.

—Supongo que será un tanto incómodo, pero lo dudo. ¿No pensaste en pedir a Charlotte Smith para tu esposa?

—¿Charlotte? No. Ella es una joven de buen ver igual de inteligente que Olive, pero no sé las razones que me llevaron a escoger a Olive.

—Me decepciona mucho esta situación tan desfavorable para la familia Horstman porque hemos contado con esta unión por años.

—Mis padres quedarán devastados. No puedo hacer nada si ella no lo desea. Nos queda esperar a que escoja a un buen caballero, que sepa adorarla y respetarla.

—Odiaré a cada uno de sus pretendientes, lo presiento... Comienzo a detestarlos sin conocerlos. Será mi primera experiencia para casar a una hija.

—¿Cree que Olive aceptará conversar conmigo?

—No lo sé. Es razonable, solo debes hablarle como le gusta.

Ella escuchó que volvían a golpear la puerta de su habitación.

—¿Quién es? —indagó.

—Maxwell. Olive, conversemos un poco.

—¡No quiero hablar! —exclamó. Colocó sus manos bajo el pecho como si él pudiera ver ese gesto que delataba su enojo.

—No volveré a ofenderte con otra propuesta. En nombre de nuestra amistad, sal para que hablemos como adultos. No eres una niña o ¿quieres serlo otra vez?

—No me ofendas, Maxwell —gruñó mientras abría la puerta con brusquedad. Que le dijeran niña era algo muy ofensivo desde que el doctor Flecher se lo dijera.

—Olvida lo que escuchaste hoy, prefiero tenerte en mi vida como una amiga, a que no vuelvas a dirigirme la palabra jamás. Te enojas con facilidad y decides cosas absurdas...

Olive bajó la mirada al suelo. No sabía qué hacer. Aquel caballero parado frente a ella era su más querido pariente.

—Lo siento, Maxwell. Es el susto que me hizo reaccionar de manera inapropiada. Charlotte quedará desolada cuando sepa que me propusiste matrimonio.

—Charlotte no tiene por qué saberlo. Aquel pañuelo que me habías dado me dio a pensar que quizá mis sentimientos fueran correspondidos —confesó, avergonzado.

—Recibiste uno de Charlotte. Ella fue quien quiso regalarte el pañuelo, sin embargo, se dejó convencer por mí para que su presente pasara desapercibido, haciendo yo otro porque le dije que quedaría en evidencia su interés por ti. Esto es una enorme confusión porque estoy convencida de que la única persona digna de ti es Charlotte. Le resultas adorable, pero no le digas que yo te conté su secreto.

—¿Entonces nunca fue cierto que no teníamos secretos entre los tres? —cuestionó, burlón.

—Fuimos creciendo. Considero que es parte de la vida. A veces es más dura para unos y para otros, más fácil.

Él asintió ante la afirmación de Olive.

Estaba triste por su rechazo, y como ella dijo que la vida era más dura para algunos, se consideraba estar en ese lado en aquel momento. Nunca debía dar nada por sentado y la manera en que lo comprendió resultó dolorosa.

Capítulo 9

En Londres, el doctor Flecher había regresado a la corte de donde salió para cumplir con sus deseos de tener un oficio humanitario. Aquel lugar no era de complacencia, y a su criterio, no se ajustaba a lo que debía ser un caballero de su vocación.

Su madre no dejaba de perseguirlo y le exigiera su vuelta a Inglaterra después de estar en América estudiando síntomas infecciosos que lo habían atrapado.

—¡Edward! —lo llamó su madre. Odiaba que usara su nombre real para obtener su atención.

—¿Qué ocurre, madre?

—¡Tienes treinta y cuatro años y no cuentas con un prospecto para esposa! La reina me ha presionado para que te cases muy pronto —reclamó, airosa.

—Dudo que ella la haya presionado madre, más bien, considero que fue usted quien en sus desmedidos modales ha hecho ese artificio.

—Edward, es aquí a donde perteneces. Tu padre es el tercero en la línea de sucesión al trono y tú no estás interesado en ser parte de lo que en realidad eres: un miembro de la realeza, el duque de Chumberland.

—No. Yo soy Jeffrey Flecher, el médico rural. El que va a regresar a Derbyshire porque su madre no puede dejarlo en paz. Echó a los lobos mis investigaciones y estudios. ¿No se da cuenta de que no estoy hecho para ser un miembro de la familia real? No quiero serlo más. Debí hacerme de un nombre falso y usted seguirme por caprichosa, para echar en cara alguna equivocación mía.

—Vas a matar a tu madre de un disgusto, ¿Es lo que quieres?

—No tengo tanta fortuna para que ocurra eso —gruñó al decirlo. Al rato se calmó y se masajeó los ojos antes de volver a mirar a su madre—. Lo siento, madre. Me hace decir cosas que no debo por tanta presión que ejerce sobre mí.

—¿Qué te cuesta casarte con una muchacha noble y quedarte aquí? Aléjate si lo deseas de tus familiares en el palacio. Yo siempre estaré contigo, querido mío.

—Madre... Mejor, regrese con mi padre. Hace años que no se ven por mi causa y sin más está decirle que no me considera su hijo.

—Es porque no resultaste lo que él deseó y yo no pienso perder a mi hijo. Tampoco quería que te convirtieras en médico y menos en uno rural, rodeado de enfermedades, plagas y gente burda.

—Conocí a las mejores personas de mi vida en aquel condado. Es tiempo de regresar y espero hacerlo solo.

—Iré contigo. Elegiré a la muchacha más fina y de la nobleza para ti. No hace falta estar en Londres para casarse. Los nobles residen en otros sitios. ¿No había una bella jovencita en Chatsworth House?

Edward no podía detener a su madre y sus muchas manipulaciones para tenerlo en el lugar que deseaba. La dejaría hacer y deshacer, al final la decisión de casarse le competía solo a él.

Si no fuera por la intromisión de su madre en sus asuntos médicos hubiera pasado más años con sus estudios. Era sabido por ella que estaba hambriento de conocimiento. Una esposa lo único que haría era crear una expectativa inadecuada en su madre y otra estar junto a una persona que quizá ni le agradara, tal y como no se llevaban bien sus padres.

Darle más nombres a la realeza no lo convertía en alguien superior. Él no buscaba alcanzar el trono. Como le había dicho su primo, el heredero: «Eres el rey de los enfermos». Esa expresión para nada le había ofendido, para su sorpresa le hizo risa y hasta parecía disfrutar de que alguien lo llamara así.

Cuando regresó a su habitación para terminar de recoger sus cosas, encontró en un cajón el pañuelo que le había dado Olive. Sonrió al recordar su niñería de creerse enamorada de él.

Sabía de buena fuente que las mujeres contenían dentro de su cabeza una mayor madurez que un varón. Eran preparadas desde jóvenes para ser de esa manera. Estaba en ellas la fortaleza de llevar la familia en sus hombros, razón por la cual tampoco podía juzgar de manera arbitraria a su madre, que no hacía más que preocuparse por él. Abandonó su vida lujosa por ir a una casa rentada en Derbyshire.

Tenía a disposición el dinero de las arcas de su título y lo usaba para su supervivencia. Se había planeado renunciar a él, pero detrás de aquel nombre de duque de Chumberland había privilegios que lo dejaban acceder a lugares donde otros no podían, a investigaciones que otros ignoraban. ¿Cómo podía dejar semejante utilidad de lado?

Se jactaba de que no deseaba pertenecer a ninguna rama de la aristocracia o la nobleza, no obstante, disfrutaba en algunas formas de su rimbombante posición.

En Derbyshire no le serviría que supieran que era un duque, sonaba hasta cómico, aunque razonable. ¿Qué doctor viviría regalando sus servicios? Uno que tuviera los medios para sustentarse.

Sus clientes pertenecían a todos los estratos sociales de la comunidad rural. Nobles, terratenientes, hacendados, trabajadores y mendigos. Si no tenían el dinero en común, sí había algo que necesitaban y se llamaba salud.

Dejó lo que no le interesaba en demasía para que la servidumbre terminara de colocarlos en sus baúles para partir rumbo al que fue su hogar por tantos años y que añoraba hasta en sus sueños.

En paralelo, mientras él y su madre salían de Londres, Olive y su familia casi completa partían de Derbyshire, salvo Odei que se había negado a ir. Argumentó que no podía vivir sin su amada naturaleza, aquella que la reconfortaba cuando todos creían que por su mente no pasaban ideas. Maxwell también no quiso ir, pues él había dejado hacía poco tiempo aquel lugar y no deseaba volver. Por otro lado, Charlotte deseaba conocer la gran Londres, aunque también quería quedarse en su casa para tener la atención completa de Maxwell.

En los últimos días le había otorgado mayor atención que a Olive y se interesó por conocer sus pasatiempos cuando él no estaba en el condado. Le comentó sobre la hacienda para la cría de caballos y ella no resistió a la idea de hacer planes en los cuales no faltaba siquiera un caballo.

Le era difícil mantener callados sus sentimientos hacia el joven Maxwell Horstman y ella creía conocer lo que él sentía por Olive. No podía confundir una mirada que le daba a ella, comparada con la que adornaba a su prima política.

—Charlotte. —interrumpió Olive a su amiga que tenía sus ojos perdidos en el paisaje, mientras pensaba, y recordaba sus instantes de su amor imposible —. No me digas que extrañas a Maxwell. Serán unas pocas semanas...

—Pero si tan solo está aquí unos meses.

—Mira, piensa en Maxwell como un pez...

Charlotte frunció el ceño por esa expresión.

—¿Un pez?

—Sí. Él es un pequeño pez en el gran mar de Londres. Ahí puedes encontrar a muchos otros peces...

—¿Y no has pensado que al igual que yo soy una pescadora, pues hay más en la misma empresa?

—¡Oh, Charlotte, me destroza tu lógica! —gruñó molesta.

—En todo caso seremos nosotras quienes quedaremos como pequeños peces en el gran mar de Londres.

Olive sabía que era muy probable que Charlotte tuviera mucha razón sobre sus dichos. En su intento de consolarla por dejar a Maxwell, consiguió que se sintiera un tanto temerosa sobre Londres. Sabía que no eran nobles, por lo que su posición en aquel sitio, suponía algo un tanto inferior a lo que podrían buscar algunos caballeros. Ella no estaba interesada en buscar un pretendiente, sino más bien en divertirse. Tampoco se negaba a conocer a alguno que se acercara, se consideraba muy sociable y algo que le gustaba era la gente nueva.

En parte del camino se bajaron para estirar las piernas, el viaje junto a los niños siempre resultaba pesado y dos carruajes llenos de la familia era aún peor. Sus sobrinos correteaban por el campo abierto, mientras ella y Charlotte los observaban a igual que Lornell y Ofelia.

—¿No tienen miedo de los salteadores de caminos, Ofelia? —indagó Olive con curiosidad.

—No. ¿Qué podrían robarme? —respondió su hermana.

—En este camino no hay nada, Olive. No deberías temer —quiso tranquilizarla Lornell en el caso de que dudara de la seguridad.

—Es que imaginé que un asaltante muy galante nos exigía nuestras pertenencias. Este camino tan largo es un fiel ayudante de la imaginación —musitó Olive mientras le daba un codazo a Charlotte.

—Deberías imaginar mejores cosas. Un bandido no es nada agradable —afirmó Charlotte.

—Sí, lo sé. Es que no puedo evitar que mi imaginación vuele. Tengo un revoltijo en el estómago por saber lo que nos espera en Londres.

Capítulo 10

Olive y su familia estuvieron casi un mes en Londres. Tanto ella como su amiga Charlotte formaron nuevas amistades.

Quedaron deslumbradas con lo que aquel lugar tenía para ofrecerles. Aunque no encontraron lo que fueron a buscar, se llevaron varios vestidos para colocar en sus armarios. Sin dudas Olive no se había guardado nada sobre sus sofisticados gustos.

Visitaron las casas de su prima Katherine, la tía Lorreine y de los padres de Maxwell que quedaron muy sorprendidos al verla a ella y no a su hijo. Lornell tuvo que aclarar aquella cuestión en privado. La decepción en aquellos miembros de la familia fue notable y hasta Olive sintió que hubo un gran cambio en el trato que recibía por parte de aquellos Horstman.

Ella no se detuvo a pensar demasiado en eso, pues ellos debían entender que no podía corresponder a los intereses de Maxwell de la misma forma. No iba a casarse por darle el gusto a nadie. No hubiera sido un fracaso casarse con él, sin embargo, ella deseaba escoger. Con Maxwell tendría una vida muy tranquila, sería como vivir con su hermano, y de hecho, no se imaginaba dándole algún beso como el que se daban Ofelia y Lornell.

Aquellas semanas en Londres, si bien fueron infructuosas con respecto a la búsqueda del doctor Flecher, no habían sido sin provecho en otros aspectos. Amistades, vestidos y diversión era lo que se había llevado y sin miramientos estaba dispuesta a regresar al sitio para quedarse. No podía quedar ajena a tanta gracia y elegancia londinense.

—Lorraine me convenció de que haga un baile en la propiedad de Blury House —mencionó Lornell, lo que creo un chillido desenfrenado en las jovencitas que iban dentro del carruaje de regreso a Derbyshire.

—¡Es increíble! ¿Escuchaste tan bien como yo, Charlotte? Mi casa será un lugar de encuentro en el condado. Nuestras amistades estarán. ¿Podremos invitar a nuestros nuevos amigos de Londres? ¿No vieron como el barón Seaford ha estado interesado en Charlotte?

Charlotte se había puesto color del tomate.

—¡No es cierto! —discutió Charlotte, avergonzada.

—¿Pues no le diste dos piezas en un baile, Charlotte? —inquirió, Olive con las cejas levantadas.

—Es cierto, pero no significa nada...

—¿Y no le dijiste que podía visitarte cuando lo deseara? ¿Tampoco te visitó cuando estuvimos en Londres? —continuó aquella muchacha con su interrogatorio.

—Sí, pero es un trato de mera educación. Podría tener la edad de mi padre —culminó diciendo la muchacha.

Fue tarde cuando se dio cuenta de que el caballero que estaba frente a ella le doblaba la edad a Ofelia. Su mente le sugirió que era mejor guardar silencio e ignorar el asunto antes de querer corregirlo de la manera inadecuada.

—No veo nada de malo con que tenga la edad de tu padre. Siempre y cuando sea un caballero respetable —dijo Olive que, en aquel momento careció de la razón que a Charlotte le sobraba.

La edad de Olive le recordaba a Lornell la gran diferencia que llevaba con su esposa. Para la desgracia de ellos se habían llevado de hijos tan pronto como se casaron. Por su causa, Ofelia pasó parte de sus mejores años pariendo y cuidando a sus hijos.

Ofelia le hizo a Olive un gesto para que guardara silencio. Conocía a la perfección las culpas que su marido cargaba sin razón alguna. Lo de ellos simplemente ocurrió. No habían querido enamorarse, pero aquel anhelo de compañía había sido más fuerte. Aquel era el hombre perfecto, le ofreció casa, un nombre para sus hermanas y amor. Nadie hubiera sido capaz de ofrecer algo semejante siendo una dama sin fortuna con dos hermanas en el hombro.

Al divisar la residencia un alivio los recorrió a todos. Olive estaba excitada con la idea del baile en su casa. Hasta estaba imaginando la decoración.

Cuando los carruajes quedaron frente a la casa, los niños fueron los primeros en bajar, muy contentos por estar en su casa. Sus cabelleras iban al viento mientras reían y corrían.

Odei y la señorita Dunbar salieron a recibirlos con una sonrisa.

—Te hemos traído cosas de Londres, Odei —anunció Ofelia.

—¿Vestidos? —preguntó, sonriente.

—Vestidos, sombreros, guantes, abrigos, medias, zapatos... —respondió su hermana Olive—. Nuestro padre no podía olvidarse de ti.

—Se los agradezco mucho.

—¿Alguna novedad, Odei? Te quedaste encargada de la casa —dijo Lornell antes de darle un beso en la frente y tomarla del hombro para dirigirla dentro de la casa—. ¿Dónde está Maxwell?

—Ha venido el doctor Flecher regresó y pidió que se le enviara una carta cuando regresaran. Maxwell se fue a cabalgar temprano, quiso llevarme, pero le dije que no montaré —respondió.

—¿Dijiste Flecher? —interpeló Olive con rapidez, deteniendo la caminata de Odei con Lornell.

La otra asintió.

—¿Invitaremos al doctor Flecher a la fiesta, padre? —preguntó la muchacha, extasiada.

—No podría faltar nuestro buen amigo —contestó.

Olive los abandonó en su caminata y fue para tomar a Charlotte desprevenida mientras ella miraba que sus baúles fueran los únicos que quedaran en el carruaje para irse a su casa después de ver a Maxwell.

—¡Ha regresado, ha regresado! —exclamó. La cogió de ambas manos y comenzó a hacer dar vueltas a su amiga.

—¿Quién, Olive?

—¡El doctor Flecher! Es mi oportunidad para que me vea y note que sí soy una mujer. No seré la niña tonta que le regala un pañuelo, seré yo quien espere sus atenciones.

—¿Será que podrás hacerlo? Déjame decirte que lo dudo. Cometerás alguna indiscreción y yo lo percibo como alguien de mucha seriedad.

—Intentaré comportarme como me dicen ustedes. Seguiré los consejos. ¿Será que se dará cuenta de que soy una mujer?

—Sería un ciego si no pudiera notar lo hermosa que te has puesto. Es una lástima lo del pañuelo para ti y para mí.

Quería decirle a Charlotte que el pañuelo le funcionó con Maxwell, pero no con el doctor Flecher. Era una gran ironía de la vida.

Edward se había presentado en la casa de la familia Horstman como el doctor Flecher. Encontró a Odei y Maxwell junto a la señorita Dunbar.

Notó que Odei había conseguido desenvolverse un poco, pero aún no lo suficiente para mantener una conversación sin que se desviara de la misma o que quedara callada. Era muy seria para ser una niña de casi doce años.

Supuso que el que daría el mensaje a los Horstman cuando regresaran de Londres sería Maxwell. Él era un caballero de palabra y honor, un joven que, sin dudas tenía un prometedor futuro. Le contó que estaba en busca de la esposa ideal que lo acompañara en su proyecto de cría de caballos.

Por un momento pensó con envidia sobre los planes del joven. Su vida era tan sencilla que sus preocupaciones eran ínfimas. No tenía una madre que se imponía en cada decisión que tomara ni que lo persiguiera hasta bajo las piedras para cumplir sus tan ultrajantes objetivos. Casarlo con una dama de cuna y que él se dedicara la corona como si fuera que deseaba percibir algo más, no era algo que él quisiera para su vida. Una esposa tan solo era un lujo que él no estaba dispuesto a tener porque sus pensamientos eran otros. Ninguna dama lo cautivó, ni lo haría. Conocía a todo el condado y no había nacido la muchacha que encajara con los delirios de su madre.

El peso de pertenecer a la realeza era más alto que ser solo un aristócrata o un hombre acomodado. Lejos de aquella pomposidad estaba tranquilo y feliz, sintiéndose uno más del montón como deseaba. Si bien cedió ante los pedidos de su madre para asistir a veladas, pues gozaba de una interesante popularidad con la nobleza rural y los grandes hacendados, no se casaría porque estaba decidido que ese paso solo dependía de él.

Le pidió a un niño del pueblo que esparciera sus amables cartas en donde informaba de su regreso, al único lugar donde se presentó en persona había sido en la residencia de los Horstman.

Al poco tiempo de haber llegado recibió a su primer enfermo. Se sintió feliz al saber que alguien enfermó y que podría ir él a tratarlo. Su madre arrugó el rostro al poco tiempo de llegar para que pudiera notar su odio a aquel rincón de Inglaterra. Dejaría que ella se ahogara en su enojo porque él no la obligó a nada. Si ella estaba en el condado era por sus propios medios y no por coacción.

Su primer paciente no había pasado de ser una simple indigestión estomacal. No importaba lo leve que fuera, él estaría como siempre acompañando a sus pacientes.

—Volviste, querido —dijo su madre al verlo entrar.

—Sí.

—Te ha llegado una carta de aquel hacendado, el señor Horstman... El que tiene muchos hijos.

—¿En verdad? ¿Qué dice? Supongo que lo leyó.

—Dice que te invita a una cena esta noche en su residencia, recién llegaron desde Londres. No me sorprende que hayan ido hasta allá. Si tiene una hija en edad casadera. Cualquiera quiere un mejor futuro para sus hijos, aunque dudo de que alguien de un mayor estatus que otro hacendado se case con su hija.

Capítulo 11

No prestó oído a las palabras necias de su madre. Pasó a su lado para sentarse en su salón.

La miró mientras ella fue a colocarse correctamente el cabello frente a uno de los espejos que estaban en aquel lugar.

—Supongo que irás, pues consideras a esa familia muy digna de tu compañía. Incluso más que a tu propia sangre.

—Deje de ser insidiosa, madre. A los amigos los elijo yo, es una lástima que no pueda decir lo mismo de mi familia, o lo que sea que tenga. Es evidente que voy a ir a la casa de los Horstman.

Su madre arrugó el ceño y hasta hizo un gesto de desdén hacia su hijo.

—Siempre dejando sola a tu madre. Prefieres la compañía de otros.

—Sí. ¿Todavía no comprende que prefiero que esté cómoda y con los suyos en la corte? Nunca olvidaré el día en que le cerró la puerta en la nariz a mi primera paciente. Ese fue el momento en que dije que usted no debería estar aquí.

—Ni tú, ni yo.

—Iré a cambiarme para salir.

—¡Sal, Edward o Jeffrey o como desees llamarte! Atiende sin cobrar a tus pacientes y vive de lo que desprecias.

El doctor masculló una maldición ininteligible antes de ir hasta su habitación. En ocasiones su madre tenía razón. Era lo que hacía en varios momentos, aunque sí cobraba sus honorarios a los adinerados. Él no dejaba de pensar que en algún momento la paciencia de aquella mujer que estaba abajo tendría sus frutos. Del hartazgo se rendiría y volvería al lugar de donde había salido, abandonando sus sueños y viviendo aquella vida que no le producía felicidad. Juraba que su madre lo prefería coqueteando con mujeres que siendo alguien de bien y de provecho a la gente.

Ser un hombre íntegro no era lo que se esperaba de él, sino que más bien fuera un sinvergüenza de quien pudiera hablarse en los pasillos de la corte y en cada reunión social fuera de los ojos de su tío y de su primo.

Una vez que terminó de arreglarse, subió al carruaje, pues no podía arriesgarse con el pescante a qué lloviera.

Su carruaje era humilde. Digno de un médico rural honesto y servicial. Si bien su mente le decía que no era de los mentirosos, poco le importaba, pues no dañaba a nadie con su inocente mentira. Tan solo ocultaba su cuna que cualquiera de sus pacientes estaría orgulloso de ostentar, aunque sin imaginar las implicancias de estar bajo los dominios del rey. Él era considerado todo un rebelde por sus estudios. Se esperaba mucho de él y terminó siendo una decepción y tampoco le importaba demasiado.

En casa de la familia Horstman, Olive escogió un vestido muy bonito y se retocó los bucles con la ayuda de la señorita Dunbar. Aquella nunca la abandonaba por más que sus obligaciones de enseñarle habían terminado.

—Nunca se había arreglado tanto para la cena, señorita Olive. El doctor Flecher siempre ha cenado con su familia —musitó aquella, ayudándola.

—Señorita Dunbar, sabrá usted que soy una mujer y no una niña, es un hecho que ocupo otro lugar en la mesa de la casa. El doctor Flecher lleva años sin verme y quiero que se lleve la mejor impresión de mí.

—Pero sí él tiene una buena impresión de usted.

—¡De Olive, la niña y no de Olive, la mujer!

—Señorita, presumo que usted desea mostrarse ante el caballero. ¿Por qué no hace lo mismo con su primo?

—Presume bien. A Maxwell le dije lo que siento en realidad. Lo amo como lo que es mi querido primo.

Olive terminó de acicalarse y se decidió a salir de su habitación. Se dio una última mirada en el espejo del pasillo y se cruzó con Maxwell.

—Eres bella, Olive. —halagó el joven sin perderla de vista.

—Eres amable, querido Maxwell.

—Solo viene el doctor Flecher, te conoce al igual que yo con tus demás prendas.

—¿No puedo arreglarme en esta casa? —bufó, molesta—. Hace años que no nos ve. ¿Qué hay de malo en que quiera verme diferente para él?

—Olive, ¿no comprendes las implicancias de interesarte en alguien como él? Aparte de la diferencia de edad, no intentaría siquiera faltar a su amistad con mi tío.

—No estoy interesada.

—Dile eso a alguien a quien no le hayas preguntado miles de veces por él cada vez que regresaba de Londres. Me has despreciado por alguien con quien jamás podrás casarte.

—No puedes ser tan rencoroso, Maxwell. Además, no he dicho que esté interesada en él, sino que deseo verme mejor.

—Si eso hace que se te vaya la desvergüenza, piénsalo.

Omitió un insulto para su primo que la había dejado sin mucho que decir. Si seguía hablando quizá terminara más hundida.

Al momento de descender por la escalera, distinguió al doctor Flecher en la entrada, entregando su sombrero para pasar hacia el salón.

Dejó que la servidumbre lo acompañara. Inhaló a profundidad para luego exhalar. Necesitaba de su serenidad para no hacer tonterías y más si Maxwell estaba pegado a su falda como el peor primo celoso de la historia inglesa.

—Doctor Flecher, han pasado años —saludó Ofelia.

—Nos ha sorprendido gratamente saber que usted ha regresado al tiempo que lo hicimos nosotros —dijo Lornell pasándole la mano a Jeffrey.

—Sí. Estoy contento de regresar aquí. Crucé palabras con Odei. Debo decir que estoy sorprendido por su progreso.

—Maxwell es una buena influencia para ella. Se llevan muy bien —respondió Lornell.

—Cuéntenos, doctor, ¿qué hizo en el tiempo que no estuvo en Derbyshire? —indagó, Ofelia con curiosidad.

Comenzó su relato desde el día que abandonó el condado para partir hacia América. Ofelia y Lornell estaban sumergidos en la historia que contaba. Maxwell se unió para interrumpir aquel estado de expectación por un instante, mas terminó también esperando más del relato.

Olive se quedó un tiempo aún asimilando que aquel caballero al que anhelaba estaba en su salón. No sabía cómo enfrentar la situación sin ser la niña caprichosa que lo despidió años atrás.

Cogió valor para poder presentarse, alzó la nariz e hizo un movimiento gracioso con sus bucles. Preparó una entrada triunfal en el salón.

—Buenas noches. —musitó.

Maxwell y el doctor se habían levantado de sus asientos con rapidez para recibirla. Edward por poco y no reconoció a Olive. Su voz se afinó y su figura era más armónica, también había ganado altura y por sobre todo belleza. Su primo siempre seguía elogiándola porque era su gran admirador, el caballero no correspondido a los afectos de aquella dama.

—Señorita Olive, es un placer saludarla —habló sin titubear.

Se había repuesto a la carrera de su primera impresión.

—También opino que es grato verlo otra vez. Estaré muy contenta si dejan que me una a la conversación, tengo edad para hacerlo...

La Olive racional se había dado una bofetada en su interior.

Era otra ocasión en la que denotaba su inseguridad y que en el fondo también seguía siendo una niña.

Por segunda vez el doctor tuvo que empezar su relato. Lo recortó un poco para poder continuar. Olive estaba maravillada con lo que aquel le contaba de sus viajes hasta llegar a América. Podía imaginarse a ella surcando los mares junto a él para regresar, pues él le dijo que no terminó su preparación por motivos que lo obligaron a regresar hasta Inglaterra.

—Doctor, ¿qué fue lo que hizo que usted regresara sin que acabara con sus estudios? —inquirió Olive en la mesa. Habían pasado para la cena.

—Mi madre no estaba feliz en América, me temo que ella tiene ideas que yo no comparto, señorita Olive. Londres fue un lugar difícil hasta hace unas semanas, porque ahí fue donde nos quedamos antes de volver.

—¿Londres dice? Tengo unas muchas dudas. He preguntado por usted en Londres y no han sabido darme una razón de su paradero —contó esperando una respuesta.

Lornell tenía el rostro disgustado. No le parecía propicio hacer ese tipo de comentarios en una cena de recibimiento.

—No soy conocido a nivel aristocrático. Estuve en otros lugares más alejados. Londres es muy grande y no se circunscribe solo a los salones, señorita Olive.

—Es lo que le dije a mi querida prima. Londres es grande y ella tiene la mente estrecha —dijo Maxwell.

—¿Qué hay de malo en preguntar por alguien que es casi alguien de la familia?

—Agradezco la preocupación, señorita Olive, aunque sabía que iba a regresar. Mi preparación debió ser de al menos cuatro años. Me traje los libros y dudo de que me pierda demasiado teniendo los conocimientos que poseo.

—Recuerdo que le dije que no iba a enfermarme en estos años que no estuviera y he cumplido a cabalidad con ello, doctor Flecher.

—No te enfermas, Olive, pero quizá indispones a los demás —resaltó Lornell para que guardara un poco la compostura.

—Entiendo, padre.

Una vez que acabaron de cenar, los caballeros fueron hasta el salón donde bebieron y fumaron un poco. Olive no podía impedir el vicio social en Lornell y menos en los demás. Se quedó junto a su hermana un poco más alejada.

Olive llevó una copa de vino a sus labios al igual que Ofelia.

—Querida Olive, deja de ser imprudente. A nadie le gusta pensar que no lo conocen —reclamó su hermana en tono afable.

—Es mejor que me lo digas tú y no tu esposo porque sería muy embarazoso. Ofelia, ¿qué creerías si te digo que me interesa un caballero que es muy probable que me doble la edad? —interpeló, cuidadosa.

—Absolutamente nada, pero Lornell te haría desistir de esa idea. Supongo que en el fondo considera que ha sido un error casarse con alguien tan joven como yo. No se da cuenta de lo feliz que soy. Quisiera que algún día entendiera que no hay edad para amar y que cada quien es feliz a su manera. Yo de ninguna forma iba a ser feliz danzando en los salones. No imagino mi vida sin mis hijos y sin más está decir que con alguien como William Cavendish me hubiera llenado de hijos de igual forma.

Capítulo 12

A medida que el doctor Flecher conversaba con los caballeros que lo acompañaban, se sentía feliz de estar en aquel lugar. Tenía una gran amistad con el dueño de la casa y una relación excepcional con el joven Maxwell. Aquel era el ambiente de amistad y compañerismo que él deseaba y no el que tuvo en Londres y que por algunas semanas tuvo que tolerar.

—En Londres las muchachas han bailado mucho. Olive es una entusiasta del baile. En la gala que ofreceré aquí en mi casa espero que pueda encontrar un excelente pretendiente, pues tuvo la osadía de despreciar a Maxwell —contó Lornell a Jeffrey.

—¿Cómo que lo rechazó? La señorita Olive... —musitó antes de quedarse sin palabras por unos instantes —. ¿Cuántos años tiene?

—Tiene dieciocho. Ha debutado hace un tiempo, y parece que hasta este momento nadie es digno de ella —comentó Maxwell. Llenó su vaso de brandi y se lo bebió de un trago, dirigiendo la vista a la muchacha que charlaba con su hermana.

Edward no pudo evitar mirar hacia donde lo hacía el propio Maxwell. Era cierto que Olive no parecía aquella niña audaz que conoció en una cabaña con una peste que podía llevarla a la muerte. Sentada junto a Ofelia, se dio cuenta de que tenían rasgos similares en el rostro y el físico, salvo que Olive era más joven y de un rostro menos fino que su hermana mayor. Aquella tenía la marca de las sonrisas en la zona de los ojos. La otra Weatherly era muy seria para contar con esas marcas.

Viéndola desde donde lo hacía, no le resultaba una sorpresa que Maxwell se hubiera propuesto que ella fuera su esposa. De hecho, parecía lógico. Aquel joven había tenido la paciencia para pedirla en matrimonio durante mucho tiempo, pues Maxwell ya era un adulto independiente.

—Apuesto que con la señorita Olive será un reto encontrarle un buen esposo. Considero que usted, Maxwell, era un candidato ideal —mencionó seguro de aquello.

—Puedo ser el ideal para todos, pero no para ella. Bien, considerando el rechazo, creo que hay muchas oportunidades de contraer matrimonio en otro sitio. ¿Usted qué opina, doctor Flecher? Desconozco si aún permanece soltero —soltó Maxwell para conocer al caballero en que Olive tenía puestas sus expectativas.

—Me parece un pensamiento consolador y bien encaminado. Sobre su curiosidad a mi situación sentimental, permanezco soltero.

—Doctor Flecher, debería usted siquiera pensar en casarse, ¿O usted no tiene vocación de esposo devoto? —interpeló Lornell—. Vivir con su madre no hace más que espantar a muchas damas e incluso a usted mismo. Una esposa es una compañía que le entregaría un legado.

Entregó una risa nerviosa al notar que sus acompañantes tenían sus ojos punzantes en él, deseando conocer sus preferencias.

—No estoy ajeno al matrimonio, pero considero que mi formación médica aún debe expandirse. Una esposa exige de tiempo y dedicación, que es algo que le doy a mis pacientes. La presión de mi madre para que me case es lo que hizo que abandonara aquellos estudios, mas no fue para que se jacte de que ganó, sino por hartazgo. No hay nada peor para un caballero que termine hartándose de un asunto.

—En el baile que tendré el honor de hacer en mi casa, quizá encuentre a una compañera que le permita seguir con sus objetivos personales sin dejar de lado a su familia. Supongo que Olive estará encantada de ayudarlo a buscar a esa joven, tiene buen olfato para las damas —comentó Lornell para ampliar los horizontes de su amigo el doctor que, parecía enfrascado en llevarle la contraria a su madre, una que la mayoría de la familia describía como: desagradable.

Continuaron charlando sobre damas, casamientos y un poco de enfermedades. Ofelia tuvo que hacer señales a Lornell que no acababa de entretenerse con el invitado, para que se unieran a ellas y no dejarlas tan abandonadas.

—Escuché que conversaban sobre damas —dijo Olive para saber hasta donde podía llegar a averiguar cosas sobre el doctor Flecher.

—Hablábamos de víboras, no de damas, Olive —la contradijo su primo.

—¿Alguna mujer te ha mordido, Maxwell? Vaya manera de referirte a una dama, en lugar de agradecer la compañía. ¿No bailaste hasta el hartazgo con alguna? ¿No te dio gran deleite poder acercarte a alguien sin tanta formalidad como en un baile? Cuestionas con dureza a las damas, cuando en realidad somos el alma de las fiestas —discutió Olive.

—Por supuesto que sí, pero es que tú no soportas un chasco, Olive —masculló Maxwell.

—La señorita Olive siempre ha defendido con devoción sus creencias. Es algo valorable porque nadie podría hacerla cambiar de parecer sin convencerla de que su apreciación es incorrecta —apoyó Edward, parado detrás del sillón donde estaba sentada Olive junto a su hermana.

—Gracias, doctor Flecher. Alguien que piensa como yo es bienvenido a esta casa. Supongo que también aprecia la compañía de una danzarina...

—Yo no bailo mucho, señorita Olive. He sido invitado a muchas veladas, pero prefiero hablar de temas un tanto tétricos y nada atrayentes para las damas. Es probable que hablar de fiebres espante a cualquier candidata a esposa —expresó sin poder aguantar su risa.

Contagió al resto con aquel chasco. Olive se enterneció por la sonrisa sincera que tenía. Era probable que aquel estuviera exteriorizando sus miedos con respecto a una conquista. Lo que ella escuchaba era importante, pues se convertiría en la mujer dispuesta a escuchar de fiebres, tos, amputaciones, gangrenas y sanguijuelas. Si al objeto de su interés le resultaban aquellos temas tan interesantes, ella no lo dejaría desamparado.

Pese a los celos que Maxwell sentía hacia el doctor Flecher, terminó riendo hasta el cansancio. Aquel no era la causa por la cual Olive lo rechazó, sino los sentimientos de ella que aquel desconocía.

—Cuando Lornell realice el baile que me tiene tan entusiasmada —indicó Ofelia, cogiendo la mano que su esposo puso en su hombro—. Bailará con muchas damas, doctor Flecher. Olive y Charlotte son excepcionales, tan divertidas y graciosas al danzar. Le aseguro que es imposible siquiera bostezar junto a ellas.

—La señorita Charlotte debe estar tan bonita como la señorita Olive. Cuánta complicidad es solo mencionar esos nombres. Desde niñas han estado espantando conejos de la propiedad. Qué gratos recuerdos... —articuló.

A su mente llegó un recuerdo de Olive que se presentó junto a Maxwell y Charlotte; aquellos siendo niños aún, con un conejo muerto en la mano. Ella le dijo que aquel animal se había ido como sus padres. Cuando aquella niña utilizaba esa expresión parecía una catástrofe. En el momento del nacimiento de sus sobrinos decía: ¿Ofelia no irá a hacerle compañía a nuestros padres?

Supuso que era la más desorientada de las hermanas Weatherly. La mayor estaba preparada para cualquier embate de la vida, la menor tenía un padre que la amaba y ella no distinguía a otro como su progenitor, sin embargo, Olive se había quedado sin nadie que la amara. Perdida sin sus padres a tierna edad, presintió que no encajaba en la nueva familia a la que pertenecían sus hermanas.

Con el tiempo fue tomando fortaleza para soportar su soledad y enfrentar a lo que viniera con una sonrisa, aunque aquella no significaba que su interior fuera de acero.

Olive recordó aquel episodio, no obstante, le daba pena ajena saber lo tonta que era aunque se jactaba de ser más inteligente.

—Delicioso guiso, doctor Flecher —indicó Lornell, también recordando—. Ahora que se han vuelto Charlotte y Olive unas damas, no andan detrás de conejos blancos en la propiedad, sino que van por esposos.

El color se subió al rostro de Olive. Se sintió muy avergonzada por el comentario de Lornell. Los que estaban con ella reían sin cesar, incluso el doctor. No le quedó más remedio a Olive que mostrar una sonrisa forzada. Era terrible parecer una desesperada casamentera.

Bebió su trago con normalidad después de fingir una risa que no tenía. Su padre en ocasiones se pasaba de la mano con los chascos, estando tan animado con brandi y tabaco no le sorprendía eso en lo absoluto. Tampoco podía culparlo. La mayor parte del año él se pasaba en su estudio junto a Ofelia o en la terraza tomando té, o de lo contrario, en el salón observando cuando la nieve azotaba con fuerza.

Mientras ella y Odei aprovechaban la primavera para buscar lirios, aquellos que le recordaba a su más tierna infancia. Las decoraciones de su madre para que su padre las notara. Los baños entre flores silvestres para oler espléndidas eran parte de aquel gran ritual de amor que se había ido.

La imagen de su padre era aún más borrosa que la de su madre. En su mente permanecían los olores y sabores de lo que disfrutó de niña en brazos de sus padres.

—Debo retirarme por esta noche. Espero pronto volver a compartir una velada tan agradable junto a ustedes —mencionó el doctor para sorpresa de Olive, a la cual el tiempo se le había hecho muy corto para compartirlo con él.

—Lo acompañaré, doctor Flecher —se ofreció ella, amable.

Él asintió con la cabeza. Olive se acercó hasta Edward y cuando vio que cogió su sombrero para irse, ella lo cogió del brazo sin mediar palabra.

—¿No estuvo feliz tantos años lejos de Derbyshire? Le puedo asegurar que aquí no fuimos felices con su ausencia. Su regreso ha sido esperado...

—Le agradezco sus palabras, señorita Olive. Buenas noches... —se despidió al ver que su carruaje iba para recogerlo.

—Espere, doctor Flecher... ¿No ha notado nada?

—¿Nada de qué?

—Que he dejado de ser una niña —respondió —. ¿No recuerda nuestra última conversación?

Sonrió ante la muchacha que esperaba una respuesta. Pese a que Olive era una mujer, aquella mirada pertenecía a la niña expresiva que él conoció.

—Se ha vuelto una dama encantadora.

—¿Danzará conmigo en la fiesta que ofrecerá mi padre?

—Sin dudas, seré uno de los primeros en pedir un baile. Me alegra haber vuelto, señorita Olive. Qué tenga buena noche...

Capítulo 13

Olive lo observó mientras subió al carruaje. Se despidió de ella otra vez con un gesto del sombrero. Quedó conforme con el hecho de haber cruzado pocas palabras con él, pero haber sido punzante para que la notara debía tener algún resultado futuro. Suponía que aquel seguía viéndola como una niña y comprendía la dificultad que significaba que fuera notada de otra manera. Era más sencillo que pudiera tomar a Maxwell como esposo o en su defecto, buscar a otro caballero. Una dama siempre debía pensar en su futuro.

No quería imaginarse solterona, con vicios por el alcohol o quizás por el juego para llenar el vacío de no haberse casado. Su dote era respetable porque su verdadero padre, al igual que Lornell se había encargado de ensanchar sus arcas. No deseaba ser solterona como la señorita Dunbar. No le parecía que fuera infeliz con esa vida, pero ella no sería feliz si no tenía una familia y una casa para regentar.

Deseaba un matrimonio feliz y lo conseguiría con probablemente cualquiera que le diera una buena sonrisa y una interesante conversación, mas en su mente estaba fijada la idea de que aquel debía ser el doctor.

Sus ojos ambarinos siempre calmados, eran un paraíso. No había fiebre, fractura o enfermedad que no pasara con tan solo observarlo. Era el remedio indicado para cualquier paciente que deseara a tan atractivo caballero.

Sí, sin dudas era atractivo. Alto y esbelto, con un toque aristocrático en sus facciones. Era trabajador y honesto, cuya empatía con los necesitados era tal que lograba enamorar hasta al más incrédulo de sus pacientes. Era así como ella lo veía desde que sintió que era una mujer.

Se definía como una mujer apasionada de diferentes maneras. En el estudio, sus prácticas, sus conversaciones, su elegancia y su carisma. Era consecuente para conseguir lo que deseaba y era incapaz de rendirse por más adversa que fuera la situación. Aprendió a su corta edad que lo único irreversible era la muerte. El resto era un cúmulo de cosas que un día podían estar y al día siguiente desaparecer. Deseaba algo constante en su vida y todo lo que la rodeaba era de esa manera. Desde las personas hasta el lugar donde estaba. Aquello era lo que definía como felicidad.

Habían pasado aquellos años en donde ni ella misma lograba comprenderse y en que los celos por las atenciones de su padre hacia su hermana menor se hicieron más grandes. Escondida detrás de una coraza de niña fuerte, ella lo había alejado por creer que no necesitaba de tanto afecto como la otra. Pese a esa protección que creía que la resguardó, se escondía una vulnerable niña que aún seguía en un gran duelo espiritual y sentimental por sus progenitores. Quiso imitar las actitudes de Ofelia, aunque ella desconocía de las lágrimas y el desconsuelo de su hermana mayor, que se desplomaba en la soledad y sin que nadie la viera. Frente a sus hermanas Ofelia debía ser fuerte. Era lo único que le quedaba a sus pequeñas hermanas.

El rocío de la noche se fue pegando a sus antebrazos descubiertos, por lo que Olive decidió entrar. No se había dado cuenta de que Maxwell estaba observándola, recostado en el pórtico.

—Si lo logras, tendrás una hazaña. Olive, es un hombre dominado por los deseos ajenos, dudo que alguna mujer diferente a su madre tenga algún poder sobre él.

—Maxwell, ni siquiera he intentado algo. ¿Puedes evitar ser pesimista?

—Olive, tan inteligente, bonita y crédula. ¿Por qué sufrir por alguien que no es capaz de verte de una manera diferente? Una sola vez vives, y si vives sufriendo, ¿Cuál es el sentido? Para él no has dejado de ser una niña, la hija de su amigo.

—¡Sí, sí! —gruñó, colocándose frente a él con las manos en la cintura—. ¿Quieres que acepte tu propuesta?

—No hay tal propuesta. No soy capaz de tropezar dos veces con la misma piedra. He optado por seguir mi camino y mi amistad contigo. Al fin, somos familia.

Olive asintió y se apresuró a entrar a la casa. Maxwell cerró la puerta y se dirigió hacia su habitación.

Dentro de su carruaje, Edward pensaba en su divertida noche junto a los Horstman. Estaba obnubilado entre tanto comentario. Le resultó intrigante discutir de damas con otras personas. No tenía el mismo significado que discutirlo con su madre.

Durante mucho tiempo no había siquiera pensado en una dama. Cuando Lornell le insinuó un interés por Ofelia años atrás, cayó en cuenta de que lo estaba viendo como una competencia. Él nunca pretendió a Ofelia, sí quiso ayudar a las hermanas Weatherly desde que las vio solas e indefensas en medio del bosque. Su cariño por ellas era de amistad sincera y un gran deseo de que salieran adelante y lo habían logrado. Eran felices a su modo.

Al momento que el rostro pícaro de Olive cruzó su mente, una sonrisa atravesó su rostro. Negó con la cabeza al recordar sus inocentes y juguetonas palabras dichas con tanta gracia y seriedad dignas de ella.

Olive era una hermosa debutante. Él se sorprendió de que Maxwell hubiera sido rechazado por ella, pues lo que imaginó cada vez que los distinguía juntos era que en el futuro se casarían, mas eso no ocurrió. Ella estaba libre en el mercado matrimonial. ¿Qué caballero merecía a Olive si Maxwell no era el indicado? Aquel debía ser algo de temer para Lornell. ¿Cómo entregar a una joya tan valiosa a un desconocido que quizá no pudiera distinguir la valía de ella?

De cierta manera una unión con Maxwell era aceptable y festejada hasta por él. Sabía que aquel le tendría en un pedestal de por vida. No obstante, aquella muchacha tenía otros planes menos sencillos para su vida. Sacó el pañuelo que Olive le había bordado años atrás. Era inconcebible no guardar un presente de ella, si era tan grácil y amable. Al sentir aquella suavidad del pañuelo en sus manos, su mente le repetía las palabras que le dijo cuándo se lo dio. Las invenciones de una niña podían ser difíciles de controlar. Aquel ofrecimiento de su mano y que estaría disponible cuando regresara le hizo reír por unos instantes, pero, había similitudes en su despedida de esa noche, con respecto a su última visita, y era la reiterada expresión: Ya soy una mujer.

Le honraba pensar que ella buscaría alguien semejante a su persona.

Esperaba que tan solo esa persona la quisiera y fuera honesto con Olive.

Después de aquella noche, Olive esperaba, suspirante, desde su ventana que daba a la gran pradera. Nadie en su casa se enfermaba, y al parecer ella tampoco pensaba hacerlo. Faltaba todavía una semana para la fiesta que se organizaría en su casa. Por aquella misma pradera distinguió a su querido primo Maxwell caminando del brazo junto a Charlotte.

Ella abrió los ojos con sorpresa al darse cuenta de que habían salido sin ella a un paseo. Se apresuró para bajar por las escaleras.

—¡Ni lo pienses, Olive! —masculló su hermana que pasó frente a ella llevando muchas tarjetas en la mano.

—¿No pensar en qué, Ofelia?

—En ir a interrumpir a su primo. Alerté a su hermana sobre sus intenciones, pues la vi desde la ventana —agregó la señorita Dunbar que fue detrás de Ofelia.

Ella siguió a ambas mujeres hasta la biblioteca.

—¿Por qué? Me han dejado, falta una buena reprimenda para ese par de desagradecidos. No se habrían conocido de no haber sido por mí.

—Olive, deja a tu primo a solas con Charlotte. Es probable que ella sí pueda aprovechar a *tan buen muchacho* como tú no has podido —recomendó su hermana mientras verificaba los nombres en las tarjetas.

—¡Pero!

—Usted prefiere que él se case con Charlotte antes que con otra dama, ¿No es así? —cuestionó la señorita Dunbar.

—Sí, pero... Maxwell...

—Si has desistido de la idea de negarte a un matrimonio con él, tú deberás proponerle el enlace porque Maxwell no lo hará. Es alguien que aprende de sus errores, Oli —dijo cariñosa su hermana.

—No lo comprenden, es una alta traición a mi amistad, ¿solo ellos? —Bufó— Además, él no le propondría matrimonio a Charlotte porque si no la ha visto antes, menos la notará ahora.

—Señorita Olive, no diga cosas que después pueden ir en su contra. La señorita Smith es bonita e inteligente. Recibió la misma educación que usted. —le recordó la señorita Dunbar.

Se rindió ante tantas chácharas de aquellas mujeres. Salió de la biblioteca muy compungida. Imaginó a Maxwell caminando hacia el altar con Charlotte. Un sentimiento de tristeza invadió su pecho. Sentía tanto afecto por él, tantos años de amistad que parecían perderse para siempre.

Caminó en sentido contrario al que habían ido Charlotte con Maxwell. Sus ojos se perdieron en aquel lado de la propiedad. Estaba sentada sobre un tronco. Caviló sobre cómo cambiaba la vida cuando una se hacía mujer. Eran incomprensibles sus pensamientos y su sentir. Las personas cambiaban con el tiempo. Por fin comprendía el significado de: de boca para afuera.

Así era como ella deseaba la unión de Charlotte y Maxwell. Aún no existía tal cosa, pero Olive estaba presta a colocar objeciones sin sentido.

Escuchó un murmullo entre la hierba. Su hermana Odei se sentó a la orilla del agua. Colocó su bastón a un lado y puso un libro en su regazo.

—¡Odei! —llamó Olive, sonriente y fue junto a ella, corriendo.

Odei la miró sin mucha emoción por ser interrumpida.

—¿Qué haces aquí, Odei?

—Leo. —respondió.

—¿Qué lees?

—Un libro.

—¡Odei! —expresó, exhausta.

—¿Qué?

—Puedo leer para ti si gustas. ¿Qué te parece? Nuestro padre dice que mi voz es melodiosa.

—No.

—Vamos, Charlotte y Maxwell han sido egoístas conmigo, no lo seas tú también. ¿Por qué no quieres?

—Me gusta leer sola.

—Odei, serás una solterona si sigues de esa manera tan solitaria.

—Importa poco. Si algún día alguien quiere casarse lo aceptaré, y si nadie quiere, también lo aceptaré. ¿Para qué pensar tanto?

Olive hizo una mueca de disgusto, pero compensó lo que dijo su hermana.

Ella no hablaba demasiado y en esa ocasión se extendió incluso para hacer notar sus pensamientos.

Ofelia se pondría muy contenta cuando lo supiera.

Capítulo 14

Olive entró en razón y decidió dejar a su hermana como ella deseaba: sola.

Aquel era un momento en donde sentía que no tenía un lugar. Ella no buscaba la soledad como su hermana menor o la paz como la mayor. Disfrutaba de la compañía de las personas. De hecho, era la más sociable de su familia.

Estar tan abandonada a su suerte para ella era muy doloroso. En su solitario camino de vuelta a la casa, se cruzó con sus sobrinos que disfrutaban de los caballos junto a su padre. Los cabellos de los pequeños ondeaban en el viento y sus sonrisas rompían el silencio del campo.

Alzó la mano para saludarlos mientras cabalgaban. Suspiró después de que se alejaron y bajó aquella mano con lentitud. Achicó los hombros antes de continuar su caminata cansina y desanimada. Regresó hasta la ventana de la biblioteca donde aún seguía su hermana cotejando una lista larga y la señorita Dunbar buscaba en una caja lo que Ofelia pedía.

—Estoy aburrida, Ofelia. —contó. Colocó sus codos en la ventana y recostó su peso en ellos.

—Yo no estoy aburrida, querida, y tampoco me debo a divertirte. Si quieres algo que hacer aquí hay bastante. El baile que hará Lornell para ti, no solo costará un buen dinero, sino que lleva un trabajo arduo —replicó su hermana ante las palabras de Olive.

—¿Y qué debo hacer?

—Tan solo no molestar, Olive, pero dos manos más ayudarían bastante. Debemos pagar a quienes traerán las bebidas y víveres, hay que sacar cuentas.

—Los números se me dan muy bien —asumió con suficiencia.

—También hay que separar las tarjetas para enviarlas... —continuó diciendo Ofelia.

—¿Puedo llevar la del doctor Flecher en persona?

Ofelia y la señorita Dunbar dejaron lo que estaban haciendo para mirarla con detenimiento.

—No. Irá como las demás. Si llevamos una de esa manera, nos comprometemos a hacer lo mismo con el resto. Es un mayor esfuerzo, Olive —repuso su hermana, molesta.

—Venga a ayudar, señorita Olive y no le dé disgustos a su hermana —ordenó la señorita Dunbar.

Iba a hacer lo que le dijo la señorita Dunbar, pero quiso meterse por la ventana.

Una reprimenda visual de su institutriz hizo que considerara la puerta como la entrada más práctica.

Colocó sus esfuerzos en realizar los pedidos que le hizo su hermana. Aquello logró distraerla por un efímero cuarto de hora. Una vez que sus ojos volvieron a la ventana, Charlotte y Maxwell regresaban hacia la casa. Ella con un par de flores en la mano, y él caminando con las manos apoyadas en la zona lumbar. Hizo una mueca de molestia al darse cuenta de que no tenía nada más que hacer en la biblioteca. Eso la obligaba a ir junto a aquellos traidores a colocar su mejor y más fingida sonrisa.

—Olive, hemos regresado. Me dijo Maxwell que estabas indispuesta y que por eso no ibas a salir —contó Charlotte, cogiéndola de ambas manos.

—¿Sí? Vaya mentira, Maxwell. —acusó Olive, molesta. Charlotte era incapaz de mentirle y el rostro culpable de su primo no hacía más que señalarlo en aquel acto premeditado para dejarla fuera del paseo.

—Es que te lo escuché decir. —mintió Maxwell.

—Puede que hayas confundido la palabra dispuesta con indispuesta, ¿no es así? Charlotte amiga querida, estos hombres están muy huecos y ahora para acrecentar sus males, sordos.

Charlotte miró a Maxwell y le sonrió con picardía.

—¿Qué les parece si bebemos té? Yo quiero conversar con Olive sobre los vestidos muy bonitos que vi en el pueblo días atrás —propuso Charlotte.

—Me encantaría beber té con ustedes, damas.

Olive tuvo que ceder ante los deseos de sus amigos. Le costaba creer que Maxwell hubiera inventado una mentira para quedarse con Charlotte a solas. Era condenable su actitud si siempre habían estado los tres juntos. Siempre deseó que Charlotte conquistara a Maxwell, sin embargo, cuando parecía que estaba por lograrlo, comenzaba a comportarse de manera extraña con ellos dos. Se suponía que una pareja deseaba un tanto de intimidad, y lo comprendía, pero le enojaba que lo hicieran.

Durante el té tampoco logró distenderse. Hasta las conversaciones de sus acompañantes estaban dirigidos a ellos mismos casi ignorándola.

Cuando Charlotte se fue, Olive parecía haber conseguido una pasajera tranquilidad, mas ver a Maxwell no la ayudaba para mantenerse de esa manera.

—¿Estás molesta, Olive? —indagó su primo cuando la vio en el pasillo antes de entrar a su habitación para cambiarse.

—¿Y acaso no debería estarlo por tus mentiras?

—Quería charlar con Charlotte para conocerla mejor. Si estabas presente no podría hacerlo.

—¿Qué? ¿Acaso iba a distraerte?

—Sí. Porque me hubiera preocupado más por ti, a quien conozco mejor, que de ella. —confesó—. Me orillaste a eso. Charlotte es simpática e inteligente.

—¿Más que yo?

—No querrás conocer mi respuesta porque siempre te favorecerá, pero debo satanizarte para que otra quede en tu lugar. Un matrimonio es algo importante y escoger con quien pasar los últimos días de mi vida no es tarea fácil.

—Entonces me alegra que Charlotte sea la escogida.

—Es porque tú rechazaste esa posición.

—Nos vemos en la cena, Maxwell —declaró Olive antes de cerrar la puerta, dejando en aquel lugar a su primo.

Maxwell sabía que ella tenía una pequeña parte egoísta en su vida. La perfecta Olive tenía ese defecto, aunque a él no le importaba porque era un detalle ínfimo en todo el conjunto que ella representaba. Pasar la hoja de la vida que imaginó casado con aquella, para tener que escribirla con otra muchacha era difícil, casi podía decirse que era irremplazable.

Tendría que desearle una buena empresa a su querida Olive para que se casara con quien ella caprichosamente deseaba.

La madre del doctor recibió la invitación al baile que Lornell preparó. En su mente no se guardaba ninguna palabra mala para aquella.

—En honor a la señorita Olive Weatherly... —musitó en tono mordaz.

—¿Es la invitación al baile? —preguntó Edward sacándole la invitación de las manos a su madre.

—¿Y qué más puede ser? Iré contigo o quieres seguir escondiéndome aquí...

—Si va, madre, debe ser la humilde y adorable señora Flecher. Dudo que pueda mantener mucho tiempo su papel.

—He asistido a varias reuniones sociales donde te han invitado y que me han parecido de gente digna. No te avergoncé.

—No quiero que se lleve mal con la familia Horstman. Eso sería un gran insulto para mí.

—Esa Olive Weatherly es la niña que te dio aquellas muñecas extrañas, supongo.

—Sí. La señorita Olive siempre me ha agradecido de esa forma que las cure. Ella es la que menos se enferma en la familia. —replicó, sonriente.

—Pues tendré el gusto de conocer a la muchacha en persona. Ten cuidado con esa familia...

—Más bien, considero que ellos deberían temer de mí que soy un mentiroso y deshonesto.

—Es porque no aceptas quién eres en realidad. Deberías empezar por no engañarte a ti mismo.

—El problema es que no me siento Edward, soy Jeffrey Flecher. Algún día comprenderé mis propios sentimientos y complicaciones.

Que su madre deseara ir a una recepción de Lornell no le sorprendía.

Deseaba que no lo dejara en mala posición ni lo delatara para que quedara obligado a regresar a su antigua vida.

Por unos años su madre consintió que se quedara en Derbyshire haciendo lo que pensó ella que era un capricho de su hijo consentido, pero cuando los años pasaron y nada cambiaba, comenzó a alterarse e intentar desalentar su trabajo en el condado para regresar a su casa, casarse como debía hacerlo y cumplir con las obligaciones de un noble.

La noche del baile había llegado, y él junto con su madre, salieron vestidos con elegancia. El hacendado más próspero de la región los invitaba y no podían acudir sin las galas que merecía aquella situación.

Blury House estaba muy bien arreglada. Se podía notar el toque sofisticado de Ofelia en cada detalle. Edward sabía que aquella dama no dejaría alguien sin sorprender. Su madre estaba conforme con lo que había visto.

Una gran mesa se extendía en el salón. Muchos de los muebles habían sido movidos para comodidad de los asistentes. El pianoforte estaba ubicado para dar un excelente concierto.

—Recuerde la rutina de piano que le enseñé —mandó nerviosa la señorita Dunbar, siguiendo a Olive que se estaba colocando los guantes, a la par que caminaba hacia las escaleras, acompañada de Charlotte.

—Esa rutina es muy sencilla. —dijo Olive con suficiencia.

—Es cierto, señorita Dunbar. Olive y yo sabemos esa rutina de memoria.

—Comprendo que sientan ambas un exceso de confianza, pero deseo que comprendan la importancia de este baile, en especial para la señorita Olive. De aquí puede salir un pretendiente excelente. Hay condes, marqueses, duques y más que pueden elegir a la pupila del más próspero de la región e hija de un caballero como lo fue el doctor Walter Weatherly. Por la sangre de ustedes corre también un poco de la aristocracia.

—¿Cuánto tiempo estuvo preparando el discurso, señorita Dunbar? Sé todo eso. ¿Dónde está Maxwell? Él debe bailar conmigo después de mi padre, que no es mi tutor ni yo su pupila, soy su hija. —aclaró Olive.

—Como sea, señorita Olive, deje una buena impresión, recuerde que de usted dependen su hermana menor y su sobrina para casarse en un futuro.

Capítulo 15

Olive agitó la mano para restarle importancia a la excesiva preocupación de aquella mujer. Era cierto que los demás tomarían lo que era ella para juzgar a sus hermanas en el futuro. La memoria de algunos era muy larga para las tonterías.

Cuando llegó hasta la planta baja de su residencia, ella distinguió al doctor Flecher que llevaba del brazo a una elegante dama, que sin duda alguna se trataba de su madre. Aquellos ojos ambarinos de ambos resaltaban en la tenue luz, reflejando el color de las lámparas.

Charlotte la seguía como si se tratara de una parte de su vestuario. Estaba pegada a ella para no perderse de nada que tuvieran que comentar.

—¡Doctor Flecher! —lo llamó sonriente.

Él parpadeó sus ojos rápidamente en varias ocasiones para distinguirla. Era notable que pronto perdería su vista y tendría que usar cristales.

—Señorita Olive, señorita Charlotte... Buenas noches —saludó con una inclinación.

Olive no se había quedado conforme con aquel saludo.

Alzó su mano enguantada para que él la besara.

Aquel sonrió y agarró su mano para ceder ante los deseos de Olive.

A su madre aquello no le hizo demasiada gracia, pues como imaginaba, la muchacha era impulsiva y gustaba de las atenciones. No la imaginaba tan bonita como en realidad era, pero ninguna madre era capaz de imaginarse a ninguna muchacha que quisiera conquistar a su más querido amor como algo agradable, bello y delicado, salvo que ella misma escogiera a la mujer.

Charlotte también debió poner la mano para continuar con ese saludo.

—Les presentaré a mi madre, la señora Edwina Flecher. —dijo sonriente.

Olive hizo una graciosa inclinación para ganarse los favores y la aprobación de la dama, aunque aquella no parecía muy contenta con verla.

—Buenas noches, señora Flecher. Es un honor conocerla en persona. —mencionó Olive, aduladora —. El doctor nos habla mucho de usted.

—Espero que mi querido hijo hable bien de su madre... La familia Horstman es muy importante para Jeffrey hasta creer que solo hay una familia a la cual atender en todo el condado —replicó amable, aunque sus palabras dejaban entrever una hostilidad hacia tanta preferencia.

Edward no encontró algo para enfadarse con su madre.

No fue con ese ánimo a un baile, sino por cortesía a quienes lo invitaron.

—Es que con mis sobrinos ya casi somos todo un condado. —comentó Olive, para continuar queriendo agradar a la mujer.

—Ingeniosa comparación. —halagó Edward con simpatía.

Olive se había sonrojado como la grana ante el halagó a su ingenio.

Mientras que Edwina, tenía el rostro en una mueca inentendible.

La muchacha le resultaba muy hermosa, educada y hasta ingeniosa como dijo su hijo, pero no pertenecía a su clase. ¿Podía alguien tener mayores pretextos para impedir un galanteo de su aristocrático hijo con una dama sin título y quizás también sin una fortuna digna? Podría averiguar si en el vestigio de la sangre de aquella existía algún parentesco nobiliario si su hijo estaba interesado. Lo que a ella le importaba era que contrajera matrimonio con alguien que lo llevaría de vuelta a la vida que abandonó y que seguía rechazando.

—No olvide que prometió bailar conmigo, doctor Flecher. Charlotte también esperará una invitación suya... —dijo olvidando la sutileza con que debía insinuar tal intención.

—Es cierto, señorita Olive. Pensé que era sabido que bailaría con la señorita Charlotte. No puedo desatender a un dúo como ustedes. —comentó para agradarlas.

Charlotte le tocó emocionada el antebrazo a Olive por lo que había escuchado.

—Lo suponía. Siempre tan amable, doctor. Señora Flecher, su hijo es la persona más agradable que he conocido y el más capaz, tanto que, desde que me enfermé a los ocho años y él me atendió, no he vuelto a enfermar. —sonrió para congraciarse con la dama.

—Mi hijo es un gran humanista. Cura a los demás, pero es capaz de enfermar a otras personas con las preocupaciones, querida muchacha. —resaltó la mujer con ánimos de aludir a Edward.

—Considero que eso es imposible. Mi admiración por él quizá me tenga segada, pero no concibo tan amable caballero enfermando a otros —emitió Olive con humor.

Edward se sonrojó por la vergüenza que le hizo pasar su madre. No obstante, no dejó pasar la defensa de Olive a él. Ella siempre tenía algo escondido bajo la manga para escapar de cualquier situación desfavorable como la que promovió su progenitora con su insinuación.

—Es un honor que sea tan considerada conmigo, señorita Olive.

—Ni lo diga...

—Olive, ven... —pidió Ofelia tomando su mano—. Han venido los Cavendish y quisiera presentarte con ellos aunque te conozcan como todos en la región.

—Espero que les resulte agradable la velada. Lo esperaré, doctor Flecher —mencionó, apresurada. Ofelia tenía mucha prisa por presentarle a aquellas personas.

Se retiraron ambas con Charlotte pegada a Olive como si se tratara de una simbiosis permanente.

—¿Qué sabes de esta familia Weatherly, Edward? —interpeló su madre, interesada.

—Jeffrey, soy Jeffrey.

—Jeffrey... —repitió —. Contesta.

—Sabe la historia de las tres huérfanas del bosque. Se la conté más veces que los dedos que tengo en las manos.

—Me refiero a sus parientes. Su padre, su madre...

—Sobre su madre no han hablado mucho, pero como sabe su padre era el médico del condado.

—Quiero saber si tiene algún pariente noble. Esa muchacha no puede ser tan bonita sin ser noble.

—Madre...

—¿No has visto sus rasgos? Me parece un tanto tosca en sus modales, aunque eso tendría solución si tiene parientes de cuna.

—Conozco a Olive desde que era una niña y siempre ha sido tan hermosa como sus hermanas.

—Es tu asidua defensora y te tiene en alta estima. Es una verdadera lástima que no pertenezca a la nobleza, porque si hubiera sido así, ella sería mi candidata para ti. Algunas oportunidades no vuelven, querido mío. Una muchacha con esa gracia e ingenio, no es sencillo de conseguir. Desperdicias tu tiempo si un Cavendish la pide en matrimonio.

—Ella es una ni... —bufó ante lo que iba a decir.

—¿Niña? Ha dejado de ser eso hace tiempo, te lo aseguro.

Edward dejó de discutir con su madre y se dedicó a mirar a su alrededor. No podría ganarle una puja a esa mujer, si se mantenía callado ganaba mucho más que discutiendo.

El primo de William Cavendish era muy parecido a él. Olive le sonrió y aceptó los halagos del joven Gerard. Le prometió una pieza porque le había agradado la gracia que tenía. Era de la edad de su primo Maxwell y si bien estuvo lejos de Inglaterra, regresó para establecerse.

—Es un joven encantador. —mencionó Lornell, conforme con el encuentro entre Olive y Gerard.

—Sí, como cualquier Cavendish. —musitó Ofelia, que pudo llegar a ser la dueña de Chatsworth House, sin embargo, su corazón le pertenecía a aquel hacendado viudo con el que se había casado.

—Con gran felicidad decliné su oferta de un paseo junto a ti. El egoísmo es un gran defecto. En esta ocasión, Olive escogerá a alguien joven.

—Señor Horstman, no se dé baños de pureza —resaltó su esposa con una mueca—. Un matrimonio es un matrimonio y la edad carece de importancia. Estás un poco crecido para comportarte como un crío arrepentido. Mejor ve a bailar con Olive, de lo contrario, terminaré un poco molesta.

Lornell aceptó los designios de Ofelia y caminó para coger a Olive de la mano y comenzar su danza.

Tenía aquella renguera que lo acompañaba desde hacía unos años.

—Recuerdo que cuando era una niña, lo vi haciendo bailar a Odei y también a Ofelia... —afirmó Olive, melancólica.

—También bailé contigo. Hago este baile por ti y para ti.

—Considero que mi existencia no es suficiente para agradecerle más que solo un techo, sino también una familia.

Él le entregó una carcajada musical.

—El que tiene mucho que agradecer soy yo. De no ser por ustedes, quizá estaría solo o muerto de soledad. Esta hacienda nunca vivo tanta luz desde que ustedes llegaron. Hoy quiero un futuro para ti, mi hija mayor. Beth siempre vivirá en mi corazón, pero tú eres la mayor y más responsable. Tengo mi confianza en ti. Sé que harás una elección acertada y razonable para tu esposo. Es una pena que Maxwell no sea ese afortunado caballero, pero quien sea, se llevará un gran tesoro.

—Un tesoro un tanto curioso e insensato —dijo Olive, risueña.

—Ese será un problema suyo, uno que con gusto resolverá...

—Los padres muchas veces son incapaces de notar la insensatez de sus hijos. El amor los mantiene con los ojos cerrados y la boca amordazada. —continuó Olive.

En los ojos azules de Olive, se percibía la emoción de ser ella quien tuviera la atención de aquel que bailaba con ella. El sentir de las palabras que pronunció Lornell, calaba profundo en su corazón. Las angustias y la soledad se desvanecían cuando él la consideraba como su hija aunque no compartieran una gota de sangre.

Qué afortunada se sentía de tener la vida que ostentaba. Estaba agradecida con Ofelia por el sacrificio y las tormentas que atravesó por ella y Odei.

Olive dejó escapar una lágrima de felicidad. Intentó reponerse de aquello mirando hacia otro sitio. Sus bucles se movieron con gracia antes de dirigir sus ojos llorosos y felices a la parte de la segunda planta de la residencia. Distinguió a Odei, que curiosa escrutaba el lugar.

Sabía que su hermana había dejado de danzar porque no poseía equilibrio sin su bastón. Su danza y sus corridas, acabaron. Tan solo quedaron los lentos y monótonos pasos que daba. Olive deseaba saber lo que su callada hermana sentía y pensaba, mas aquella se cerró a conversar sobre temas que por completo fueran referente a su discapacidad.

Capítulo 16

La danza no dejaba ver mucho más a su hermana. Se concentró en Lornell que dirigió su mirada hacia donde lo hizo Olive.

—¿Es Odei? —indagó él.

—Sí. Mi felicidad sería completa si al menos pudiera comprender un poco de su sentir.

—No puedes cambiar a Odei. Ella ha nacido diferente. Supongo que te has llevado la gracia y simpatía que le quedaba a tu madre mientras gestaba. A ella le ha quedado la melancolía, el silencio que a ti te falta en ocasiones y una mayor seriedad que Ofelia, pero no por todo ello es menos que ustedes.

—Es ahí donde encaja por completa la ceguera de un padre. —resaltó de vuelta Olive antes de acabar la danza y aplaudir como los demás.

Maxwell estaba presto a tomar su lugar para hacerla danzar. Lornell le dio un beso en la frente, que ella agachó con gusto para el efecto, y él se retiró hacia otro lugar del salón. Olive sospechaba que iría para hablar con Odei.

—Eres tan encantadora cuando bailas, Olive. —alabó Charlotte que se había acercado después de estar conversando con su madre sobre la danza.

—Lo que dice Charlotte es cierto. No hay mayor encanto que el tuyo, Olive. —resaltó Maxwell, cariñoso.

La sonrisa que Charlotte cargaba se hizo más pequeña. Creyó que con aquel paseo y las flores que Maxwell había juntado para ella, podría quizá despertar un interés en él, pero notaba que aquel seguía encantado con Olive. La admiraba con el entusiasmo de un animoso pretendiente.

Al contrario de su amiga, Olive sintió que lo cautivó en un acto inconsciente con su baile. No le era extraño, pues Katherine le dijo que consiguió un buen esposo porque aquel quedó prendado de ella con el mínimo hecho de haberla visto danzando. La danza alimentaba el tipo de intimidad que otra actividad no permitía.

—Ha llegado tu turno de ser el afortunado, Maxwell. —resaltó Olive, simpática.

—Qué gran honor, al igual que bailar con Charlotte será algo muy encantador... —dijo al notar que su emoción había decaído. Logró sacarle una escuálida sonrisa, pero era suficiente para que no pareciera penitente en el salón.

—Aguardaré por ti... —alcanzó a decir Charlotte antes de ver que se iba a danzar, ambos muy sonrientes.

Olive y Maxwell inclinaron sus figuras para el minué.

—Debes estar pendiente de que tu baile conmigo acabe, Olive. No soy con quien deseas danzar, pero una promesa es una promesa —asumió Maxwell, risueño.

—Disfruto del baile con quien sabe de ese arte. Esta noche me dolerán los pies porque es mi casa. Disfruto del baile contigo y mucho, porque puedo charlar.

—Supongo que me dirás chácharas interminables de adulación o de crítica.

—No tengo tiempo para esas sandeces, pero recordaré un acto dramático tuyo, como no invitarme a un paseo...

—Ocurrirá con más frecuencia. Me encontrarás menos, casi no estaré para ti, pero no significa que te abandone.

—¿Acaso Charlotte se ha vuelto más importante que tu prima? No despiertes a mis demonios con tu respuesta —advirtió burlesca.

—No me quedaré parado frente a una puerta cerrada, ni entraré por una ventana. Si no desean mis visitas, tan solo buscaré un sitio donde sea bien recibido. Es lo convencional. Tengo dinero y juventud, sin vicios más que el paseo y, de vez en cuando, uno que otro libro atrayente. Quizá para algunas eso resulte hasta miserable, mas, otras encuentran tesoros donde las demás solo ven miseria.

Olive sabía de lo que hablaba. No era tonta. Él decía aquellas palabras con una sonrisa burlona en su cara. Parecía divertirse diciéndole que Charlotte era su candidata porque ella lo rechazó.

Cuando pensaba en eso, su estómago parecía dar un vuelco y su corazón comenzaba a sentirse con latidos muy fuertes que hasta podía escucharlos en su cabeza.

—¿Has dejado de quererme? —interpeló con seriedad.

—Qué me aspen, Olive, tú eres inolvidable. —aseguró cariñoso acariciando con un dedo su guante mientras bailaban.

Suspiró aliviada al escucharlo decir aquello. Maxwell la conocía tan bien, qué sabía cómo agradarle y remediar sus faltas. Le sonrió con gracia para continuar bailando.

Charlotte desconociendo que Maxwell había sido rechazado por Olive, no podía más que esperar a que alguna vez la desesperación de su amiga por no conseguir las atenciones del doctor Flecher, la hicieran ver a Maxwell con unos ojos distintos a los de la amistad.

Edward se acercó a Charlotte y le sonrió.

—Un par interesante es el que forman Maxwell y la señorita Olive —comentó para hacerle conversación a Charlotte.

—Sí. Es una pena que Olive tenga sus intereses puestos en otro sitio. En ocasiones rechazamos a quienes nos aprecian por gente que quizá no nos quiera.

—Lamento escuchar eso, aunque ocurre. ¿Y usted, señorita Charlotte, a qué aspira?

—A un buen esposo, como cualquier otra dama. ¿No es esa nuestro mayor deseo como casaderas?

—Considero que las damas tienen elecciones elocuentes por naturaleza. Encontrar un buen esposo es una odisea en estos tiempos en que nos gana el egoísmo y la dispersión. Las libertades del dinero son una prisión, por más que no lo parezca. Suena a libertad, pero sabe a prisión.

—¿Y usted? ¿No ha considerado casarse? Me temo que su madre debe estar trepando por las paredes para lograr hallar a una dama que lo merezca.

—Si mi madre trepara paredes, la estaría estudiando en este momento. Es probable que yo no sea apto para el matrimonio. No siento un interés particular por él, hasta hoy. Quizá mañana sea diferente.

—Me permite preguntar las razones.

—Se lo responderé sin que lo pregunte. Prefiero el estudio a las mujeres. Puedo culpar a mi madre de esa decisión, pero es algo que viene de mí. Y no parece irse. ¿Qué hay de malo o inaceptable en una soltería?

—Soltería es sinónimo de soledad, rechazo, ostracismo... Tengo más argumentos, déjeme pensar —alegó sonriente, Charlotte.

Lo que conversaba con el doctor era de relativa relevancia para Olive. A ella no le agradaría saber que él no solo no estaba interesado en casarse, sino en que también prefería la soltería a las mujeres.

—Cuando lo comenta de esa manera deliberada y en tono sutil como el que uso, me hace pensar que quizá sea algo trágico ser soltero —repuso, burlón.

La danza acabó y Olive agradeció a Maxwell con un gesto de cabeza por el baile tan agradable que le había brindado. Aquel era divertido por naturaleza. Le agradaba lo constante que era en su vida aquel primo al que adoraba.

—¿El doctor Flecher ha intentado espantarte, Charlotte? —preguntó curiosa Olive al notar que tanto Charlotte como Edward, reían—. Según tengo entendido, este caballero se dedica a espantar a las damas con sus temas médicos. ¿De qué te habló? ¿Fiebres, pestes, gripe, pulmonía?

—De ninguna. El doctor tiene una plática intrigante, y sobre un tema muy importante para una dama: el matrimonio —contestó Charlotte.

—¡Vaya tema que nos interesa a las damas!

—Es un tema injusto cuando se encuentra uno en desventaja. Dos damas contra un solo caballero —dijo Edward, acorralado.

—Charlotte irá a bailar con Maxwell mientras descanso antes de nuestro baile. Debo tantos bailes esta noche, que acabaré sin piernas —anunció Olive.

—Es cierto. —musitó Charlotte, que miró hacia donde estaba Maxwell y aquel le hizo una seña para que la alcanzara—. Siento dejarlos, en el tentempié antes del piano nos encontraremos de vuelta.

—Hasta luego, señorita Charlotte —la despidió Edward, quedando con Olive.

—¿Por qué no camina conmigo para ir al banco de fuera? ¿No siente que le falta el aire?

—Debe ser por la agitación del baile.

—Sí. Maxwell es un excelente bailarín. Sus pies son tan ligeros, que la música se acaba antes de disfrutar.

—Su primo debe estar extasiado con esa clase de halago.

—Nunca se lo diría, es algo muy íntimo —agregó. Cogió a Edward del brazo para guiarlo.

La madre de Edward no había perdido mucho tiempo para saber un poco más sobre la familia Weatherly. Estaba entretenida con Ofelia que le contó casi todo el origen familiar. Descuidó a su hijo que se iba del brazo con la agasajada de la noche.

Olive sintió como su pecho palpitaba.

Tenía una sonrisa que no desaparecía de su cara cuando caminaba del brazo con aquel caballero.

Alzó su mirada para saber a dónde fijaba sus ojos, pero él bajó su cabeza para verla.

—¿Ya se encuentra mejor? —inquirió, mostrándole el banco para que se sentara.

—Sí. Siéntese...

Él accedió a sentarse junto a ella.

—Me sorprende que con lo bien que se refiere a su primo lo haya rechazado. —dijo Edward con sinceridad.

—Amo a Maxwell como lo que es y por lo que su amistad significa para mí. Pero, desde hace tiempo siento mucho apego por alguien a quien extrañé —contó sin perder de vista el rostro del doctor.

—Me agradó la sabiduría de Charlotte. Ella dijo algo como esto: a veces apreciamos a quien no nos quiere.

—Presiento que eso lo dice por la persona a la que quiero y que no es Maxwell.

—Podría ser algo generalizado, pero también es por eso.

—Entonces usted no me quiere... —habló sutil.

—La aprecio mucho, señorita Olive...

—No entiende lo que quiero decirle o lo comprende y se hace del desentendido.

Edward no comprendió a lo que ella se refería, ni siquiera intentaba trabajar en entender. Sintió que la mano enguantada de Olive, agarró la suya con suavidad.

—Sé que esto que hago es absolutamente impropio, pero me temo que necesita ayuda para comprender mis palabras. Supongo sus razones para ignorar por completo mi insinuación —confesó ante el rostro confundido de su oyente—. Es usted la persona que yo extrañé y por si lo olvidó, le dije que lo esperaría...

Capítulo 17

Edward no sabía qué hacer con aquella mano que lo sostenía. Sentía que por su frente podría comenzar a correr sudor frío por la impresión. Si bien pensó que eso que le había dicho Olive tiempo atrás eran invenciones de una niña soñadora a quien él le servía de ejemplo para lo que pudiera tomar como esposo, pero no se imaginaba que ese esposo que quería fuera él. Iba a decir algo, no obstante, ella lo interrumpió con un apretón de su mano.

—Y no me diga que estoy confundida. Tuve dos años para pensarlo y me encuentro muy determinada a conseguir su afecto.

—Señorita Olive...

—No espero que usted lo acepte. Soy alguien racional que habla de frente. No es con la idea de asustarlo sino para que no interprete de manera errónea mi acercamiento.

Ella lo decía con la mejor de las intenciones. Era mejor proceder con la verdad en cualquier ámbito. El rostro de susto del doctor no podría quitárselo de la cabeza, se quedaría fijo en su mente.

—Yo, no sé qué decir...—pudo decir Edward. Su protocolo no estaba preparado para lo que le acontecía.

—Lo único que le pido que no diga es que soy una niña, porque no lo soy. ¿No ve que soy bonita? —inquirió abandonando su asiento junto a él, además le soltó la mano.

Observó a la hermosa criatura que se mostraba ante él. Sus cabellos rubios enroscados en esos bucles, sus ojos azules y sus labios rosa, eran hermosos, sin describir además, su agradable silueta. Por supuesto que Olive era consciente de su gracia y belleza, por esa razón sentía aquella seguridad de hacerse notar. Tanta era su sorpresa que no sabía qué decir.

—Sus palabras son un halago, señorita Olive, pero no me siento afortunado por ser portador de un gran infortunio para usted. Soy un hombre ocupado en su oficio, no me he puesto a pensar en el matrimonio. Desconozco si estoy usando las palabras adecuadas para decirle que no debería colocar sus ilusiones en mí.

—Dígame una sola razón de peso para no hacerlo —pidió con seriedad.

—Le diré algo que le dije una vez y que me pidió que no dijera.

—Que soy una niña.

—Una niña muy apresurada que no se ha puesto a pensar en las implicancias de sus caprichos.

—¡Usted no es ningún capricho! —defendió vehemente—. Lo estudié muy bien.

—Es incomprensible para usted. Tiene mi cariño y amistad al igual que su familia. Espero que se conforme con ello.

Olive estaba preparada para el rechazo. Era casi seguro que le ocurriría.

—Le daré más tiempo para que lo piense. Estoy preparada para ser la excelente esposa de un médico. ¿No recuerda que mi padre lo fue? A mí los desafíos no me asustan, doctor Flecher.

Él se levantó de aquel banco donde estaba solo. Mordió una de sus uñas por lo absurdo que resultaba la situación. Por lo general era un hombre el que terminaba rechazado en cualquier momento, pero en ese caso, él estaba rechazando a la más bella debutante del condado. Era condenable su actitud para con ella. Debía hacerle entender que él no era un hombre para ella. Era amigo íntimo de la familia, su amistad era algo que para él tenía un excesivo valor.

—No quisiera que esto afecte mi amistad con ustedes. Le ruego que coloque sus expectativas en alguien que podrá cumplirlas.

—Doctor Flecher, como le dije, no quiero asustarlo. Si le hace sentir mejor, podemos pasar a beber un poco en el salón antes de nuestro baile.

Olive le señaló el repleto salón para que volviera. Pidió con un gesto que le entregara su brazo y tuvo que acceder. Caminó con ella hasta el salón. En la mesa estaban servidas unas copas.

Edward miró a su acompañante que estaba fresca como una lechuga, mientras él atravesaba una crisis de ansiedad por muchos motivos. Tenía mucho que perder si la encantadora Olive fijó sus ojos en su persona. Cogió una copa y se la bebió de un sorbo. En unos momentos más debía atravesar otra situación hilarante, que era bailar junto a su encantadora enamorada.

Sería imposible librarse de aquel evento. No sabía qué hacer. Sacó su pañuelo de su levita y se la pasó por la frente en un movimiento rápido.

—Es el pañuelo que le di... —lo reconoció Olive—. Me alegra que aún lo conserve.

—Cumple una indispensable función para un médico. Ha sido muy afortunado su presente.

—Para mí es muy importante que lo conserve. La música está por terminar, doctor Flecher. Prepárese...

La mente de Edward repitió «prepárese» pero, ¿para cuál de todos los desafíos? Resistir a la pena de aquella noche o desairar a una entusiasta dama que se cree enamorada de él.

Su confusión era imposible de ocultar. El sudor no lo acompañaba con frecuencia, pero en aquel entonces era lo único constante.

¿Cómo podría enfrentar a la situación incómoda que estaba viviendo? Lo único que podía hacer era ignorar lo que le dijo Olive y quedar como si nada ocurriera.

Ella intentaba adivinar lo que pasaba por la cabeza de su asustado doctor. No parecía ser el momento indicado aquel en el que le habló, pero, ¿quién decidía cuándo era adecuado? Le sonrió para que no estuviera tan nervioso con aquella copa temblando en su mano.

Si esa confesión se la hacía a Maxwell, era muy probable que estuviera muy contento siguiéndola como un perro por el baile.

Sin embargo, sus ojos decidieron fijarse en alguien que representaría un reto porque no lograba esfumar la imagen de niña de ocho años afiebrada en una cabaña en medio del bosque.

Cuando ella escuchó los acordes finales, volvió a tomar del brazo a Edward para arrastrarlo hasta donde se daba el baile.

—Después los deleitaré con una rutina de piano. —contó para aminorar las consecuencias de su confesión.

—Recuerdo que su talento en el piano es envidiable. Sus manos pequeñas se movían con mucha soltura sobre las teclas. Considero que usted superó a su maestra.

—No sería bueno que eso lo escuchara la señorita Dunbar, quedaría devastada. —rio.

Él le cogió de la mano a Olive para bailar con los pasos de los acordes.

Dieron una vuelta a la derecha y ambos caminaron para luego girar y tomarse de las manos.

—El baile es algo que disfruto mucho, doctor Flecher. Baila usted con mucha destreza.

—Para no bailar con frecuencia, me hace sentir bien poder recordar los pasos. Antes cuando iba a los salones...

—¿Iba mucho?

—Sí, bastante hasta que vine a Derbyshire.

—¿A qué se dedicaban sus padres? ¿Su padre es médico? —curioseó Olive.

Edward había contado más de lo debido por sus ansias de no recordar la infortunada confesión de su compañera.

—No. Mi padre nos dejó hace mucho...

—Me apena saberlo. Si usted frecuentaba los salones, sus padres debieron ser adinerados.

—Un poco, más bien diría que tenían amistades interesantes.

—Las amistades son importantes. Conocí mucha gente nueva en Londres y quedé enamorada de lo que existía. En aquel lugar.

—Yo por el contrario a usted, no soy un gran amante de Londres ni de su gente, prefiero la tranquilidad del campo.

—¿Vendrá en estos días a cabalgar conmigo? Probaremos algunos caballos que comprará Maxwell de mi padre.

—Todo dependerá de si tengo pacientes o no. Mi tiempo es ajeno...

—No se preocupe, en cualquier momento me enfermo y deberán llamarlo. La enfermedad es más efectiva que una invitación afortunada. —musitó sutil.

Con aquel caballero debía usar otras artimañas para que pudiera comprender. Podía notar la razón por la que seguía soltero. No sentía interés en una mujer y era evidente, pero ella no se rendiría hasta conquistar lo inconquistable.

Edward no tenía escapatoria. Olive no era alguien que desistiera con facilidad de una idea, llevaba años conociéndola. Podía ser por fuera una mujer, pero aún tenía los vestigios caprichosos de una niña o era más probable que ella hubiera madurado tan rápido como Ofelia. Las circunstancias por las que atravesaron aquellas muchachas, no fueron fáciles. Las obligó a tener otro enfoque de la vida, uno más apresurado y analizado. Olive estaba muy influenciada por las experiencias de Ofelia. Odei era la única que discrepaba en sus pensamientos y su vida comparándola con sus hermanas.

Olive bailó con la gracia de una garza frente a él.

No dudaba en utilizar todos los artilugios conocidos para llegar captar su atención. Primero la danza; para afianzar a la pareja. Luego, la destreza en el piano; para conseguir sus halagos y por último, un paseo; para conquistar su corazón.

—No olvide que estaré en el piano. No me defraude, doctor Flecher. Estuve practicando más para que usted lo disfrute... —pronunció.

Aquello para él significaba una cita obligada, impostergable. Sospechaba que estaba acorralado en el territorio de Olive.

—Estaré ahí. A mi madre le agradaban mucho las veladas musicales. Lástima que no hay muchas que se organicen en el condado.

—En Londres era algo muy común cuando fui.

—Sí. Siempre hay fiestas en Londres. La primavera es el anhelo de todas las jóvenes en edad casadera. No desaprovechan un solo día para la ajetreada cacería.

—Lo dice como si nos considerara un sofisticado modelo de cacería, distinto a un jaguar cazando a un venado. No queremos comernos a la presa, sino que deseamos casarnos con ella.

Capítulo 18

—La escucharé muy atentamente, señorita Olive. —aceptó. Hizo una reverencia antes de volver a tomar su mano para dejarla junto a Lornell.

Ella quedó complacida con sus palabras.

Caminó junto a él hasta llegar a su hermana y Lornell.

—La señorita Olive debe estar muy cansada con tanto baile. Y sé que le faltan más —opinó Edward para despedirse.

—Nadie dijo que un baile en su honor sería algo que la haría descansar. Sospecho que Olive está gozando de este momento. —dijo Lornell, acariciándole un brazo a Olive—. ¿No le presentaste algunas amigas o conocidas al doctor Flecher, Olive? Le dijimos que tú podrías proporcionarle una buena elección para candidata a esposa.

Primero la atacó la sorpresa, pero después una sonrisa maliciosa se apoderó de su rostro. Por supuesto que ya se había ofrecido como su candidata, y esperaba ser la única.

—Todavía, pero pienso presentarle lo mejor de la casta de Derbyshire. —aseguró. Miró a Edward con complicidad.

Los colores se le subieron al rostro a él.

Estaba atravesando el peor instante de su tranquila existencia.

Estaba asustado y a la vez halagado.

Tenía sentimientos encontrados con lo que ocurría entre él y Olive.

Era algo parecido al miedo y la incomodidad.

—Qué amable, señorita Olive. Espero que esa idea no llegue a los oídos de mi querida madre —mencionó, nervioso.

—Su madre ha estado muy amable esta noche, doctor Flecher. Se ha mostrado interesada en saber sobre nuestra familia. Debería traerla con frecuencia a nuestra casa. —dijo Ofelia—. Tanto la señora Smith como yo, hemos quedado sorprendidas con su amabilidad.

—¿Sí? Parece que le ha llegado la hora de abandonar la casa del pueblo. Se lo he dicho muchas veces. Es bueno que se relacione con damas como ustedes. Espero que sean buena influencia para ella, porque en verdad que necesita de gente de bien a su alrededor —replicó.

Suponía que la amabilidad de su madre se debía al interés premeditado que tenía en Olive. Si llegaba a asegurarse de que sus sospechas sobre el enamoramiento de ella eran ciertas, él no podría hacer nada más que huir de Derbyshire, porque no acabaría soltero de ninguna forma.

—Es ciertamente sorprendente...—declaró Lornell.

Edward continuó una corta plática por un tiempo más con la familia Horstman. Inclinó su cabeza y se retiró a un lugar alejado para pensar sobre su vida. Con lo que Olive le dijo, tenía que replantear sus movimientos. De ninguna manera deseaba defraudarla u ofenderla, pero por sobre cualquier propuesta de ella o atracción suya por la mencionada, primaba su amistad con Lornell y Ofelia. Olive no podía considerarse una candidata, era alguien prohibida para alguien tan desinteresado como él en el matrimonio.

Volvió a sacar el pañuelo y se secó la frente sudorosa. Recordar las palabras de Olive era algo que podía lastimarlo porque en virtud de no querer hacerle mal a ella, podía; de forma accidental, causarle sufrimiento.

No había hecho nada para ganarse la admiración de ella. Solo cumplía con su trabajo. Culparse por ello sería hasta inútil, porque no podía ser consciente de los sentimientos que otra persona abrigaba por él, pero, ¿cómo no sentirse culpable?

Debía conversar por medio de sus conocimientos médicos aprendidos sobre la complejidad de la mente del ser humano. Olive podría tener algún complejo y en realidad no estaba enamorada como decía estarlo. Aquella era una luz de esperanza para que ella regresara al camino del bien. Él era a plenitud inconveniente y debía ayudarla a que lo comprendiera.

Si estaba decidido a ignorar la declaración de Olive y a curarla de su mala decisión, no existía riesgo de su parte para caer en lo que la muchacha había imaginado con él.

La mesa del tentempié se llenó de hambrientos danzantes. Ofelia se encargó de que la organización y la comida fuera perfecta y lo hizo con sus cuatro hijos a la espalda.

Siempre Ofelia era su ejemplo de superación y de vida. ¿Quién era más trabajadora y feliz que ella? A sus ojos, el matrimonio que obtuvo con el que ella consideraba su figura paterna, era perfecto. Si bien tenían sus desavenencias, Ofelia con aquel afecto y paciencia infinitos, lo calmaba. Esperaba ser tan feliz como su hermana mayor y que también algún día Odei lo fuera. Sus ojos siempre escondidos detrás de la cabeza agachada era una preocupación para la familia, aunque intentaban que aquello fuera normal.

—He conservado con el doctor Flecher mientras tú danzabas —comentó Charlotte, tomando a Olive del codo.

Olive se llevó la copa a los labios antes de responder.

—También conversé con él.

—Lo que voy a contarte puede llegar a ser decepcionante, Olive...

—¿Más decepcionante que decirme que no está interesado en el matrimonio? Lo dudo —afirmó sin ápice de tristeza en sus palabras o su rostro.

—Era eso lo que iba a decirte. ¿No te agrada Gerard Cavendish?

—Charlotte, ¿piensas que voy a rendirme antes de siquiera levantar mis armas? Es un caballero quisquilloso, que le teme a mi padre. ¿Temerle a él que es un ángel? Hasta suena ridículo.

—El señor Horstman es alguien que infunde temor. Tan solo tu hermana domina a esa bestia.

—Exageras.

—Que no exagero...

—Voy a ganarme el amor de aquel queso rancio que es el doctor Flecher. No sé cómo, no sé cuándo, pero lo haré. Podría envejecer con esa idea.

—¿Por qué él y no Maxwell? —interpeló Charlotte, esperando una réplica de Olive.

—No otra vez. Maxwell escogerá a la dama que le agrade para esposa, y hoy estoy más segura que nunca, de que no soy esa mujer.

—Lo digo porque el doctor no ha hecho nada para que te enamores de él y...

—¿Qué no ha hecho nada? Es verdad, ¿pero acaso el corazón escoge? ¿Qué hizo Maxwell para que te enamoraras de él?

Charlotte se quedó callada. Miró sus manos y luego ascendió los ojos hasta los de Olive.

—Tampoco hizo nada.

—He ahí la respuesta. No escogemos, el amor nos escoge para conquistar a dos caballeros incansablemente hostiles con nosotras...

—¡Sí! —afirmó Charlotte, animada.

Las palabras de Olive lograban reconfortarla. Se confiaba a plenitud en su sabiduría.

Ofelia llamó a la multitud después de que llenaran sus estómagos y bebieran hasta acabar con la sed. El objetivo de aquello era que escucharan los talentos en el piano de la agasajada.

Olive no perdió el tiempo. Se sentó en el banco del piano, pero antes de iniciar con su ejecución magistral, observó a su alrededor para asegurarse de que el doctor Flecher estuviera presto para escucharla.

Él había sido interrumpido por la voz de Ofelia que le recordó que debía asistir a la presentación de Olive. Su madre estaba entre los presentes, muy cerca de la concertista. Cerró sus ojos y se armó de valor suficiente para colocarse a tan corta distancia. Desde donde estaba, alcanzaba a observar el cuello largo de Olive y su cabello arreglado en un tocado blanco con una coqueta pluma del mismo color, embelleciendo aún más a la primorosa criatura que se había vuelto aquella niña.

Cuando Olive logró dar con la galante figura del doctor, sonrió y pudo concentrarse para ejecutar el piano. Las notas que abandonaban el instrumento lo hacían retroceder en el tiempo. Sus primeros turbulentos años como un miembro de la familia real, participando en las presentaciones que se realizaban frente a la reina. Mucho había pasado desde que en su acto de desear estudiar fue tratado como un rebelde, transgresor de su propia sangre. Desde aquel entonces, se alejó y decidió que él no deseaba formar parte de ellos.

Ninguna familia en Derbyshire tenía la culpa de sus desventuras y menos Olive.

Una inocente criatura cegada por algún tipo de agradecimiento hacia él.

En su pecho comenzaba a hacer mella, saber que aquella ejecutaba con tanta destreza el piano, solo para lograr congraciarse con lo que ella creía que era el amor.

Encantadora, bella e inteligente, eran los atributos que hacían a Olive una candidata adecuada, incluso para alguien como él, sin embargo, su tormentosa vida y la falsa identidad que lo acompañaba, imposibilitaba cualquier acercamiento. Además, sin olvidar que él no sentía un amor de pareja hacía ella, sino un cariño que se ganó con los años y con cada regalo que le dio.

—Es tan fina cuando ejecuta el piano, Edward —comentó su madre. Cruzó su brazo con el de su hijo—. He logrado conversar con su hermana mayor. La señora Horstman ha diluido mis sospechas sobre el origen de su familia. Su padre era el hijo menor de un noble.

—¿Y eso en qué la beneficia? Supongo que criticará al hijo de un noble por convertirse en médico.

—Deja tus sutilezas para otro momento. La señorita Weatherly puede llegar a ser una excelente esposa para ti. Forma parte de una familia respetable del condado y con el parentesco nobiliario, dudo que tu padre o los miembros de la corte coloquen una objeción ante eso.

Edward miró a su madre como si estuviera demente.

Quizá nadie lo objetara, mas su cruel verdugo era él mismo.

Capítulo 19

¿A alguien le interesaban sus miedos y pesares?

Su madre se fregaba las manos como una mosca sobre un postre abandonado y Olive, en medio de su falta de madurez lo colocaba entre la espada y la pared. Sin saberlo, ella se consiguió una aliada de peso. A él solo le restaba seguir negándose a ambas.

Prefería vivir en la ignorancia de desconocer los sentimientos de Olive y hacerse de la vista gorda con su madre.

Le había resultado por años para seguir con sus objetivos.

Necesitaba saber, ¿desde cuándo los hombres estaban al borde de un precipicio a causa de las mujeres?

Debía ser más severo en sus formas.

Daba la impresión equivocada con tanta familiaridad que tenía con la familia Horstman.

Olive sabía cómo encantar a su público. Movía su cabeza a la par de sus notas. Aquel movimiento no quedaba ordinario. Era simétrico y calculado. Si ella hacía algo, era con pasión, para transmitir lo que aquel piano tenía para ofrecer: sentimientos.

Se preparó en esa corta vida para ser alguien excepcional.

Amaba sus lecciones de arte y danza más que el resto, pero era diestra en todo lo que emprendía.

La señorita Dunbar no se había guardado secretos para educarla, aunque no la había ayudado mucho para tener idea de cómo echarse un esposo a la bolsa. Aquella se llevaba por los principios básicos y sencillos.

Ser recatada, esperar a que el caballero se acercara, ser bien portada y un poco hueca, eran las recomendaciones más sonadas.

Parecer hueca; según decía la señorita Dunbar, era ventajoso.

Ningún hombre quería que una dama fuera superior, ni siquiera en intelecto. Siempre le dijo que practique. No le resultaba. De alguna manera terminaba siendo en ocasiones hasta más inteligente que Maxwell.

No determinó si era inteligencia, astucia o argucia.

Las tres se parecían mucho como para hallarle diferencia.

Cuando se trataba del consejo de impresionar, era aventajada en comparación a Charlotte. Con Ofelia no podía compararse mucho. Ella era muy convencional. Si la definía, podía colocarla entre una más del montón. No estaba entre sus deseos resaltar, demostrar inteligencia o discutir, ansiaba la tranquilidad de la vida y que no hubiera tribulaciones. Nada más sencillo que sus deseos.

Impresionar era lo que mejor sabía. Sin dudas, el doctor Flecher había quedado muy impresionado, o más bien, impactado por las determinadas palabras de una debutante. A otro que dejó impresionado era a Maxwell, con la negativa a casarse con él. Lornell era el único que dejó de sorprenderse hacía tiempo, se esperaba de ella cualquier barbaridad parlante o galopante.

En lo que más fallaba era en la discreción. Aquella palabra cuyo significado le resultaba muy difícil de distinguir de su prima cercana: el silencio. No era insensata, pero prefería hablar con la verdad, que callarse lo que le ahogaba.

Una vez que acabó con su presentación fue premiada con los calurosos aplausos de su público. Aquellos podían notar que talento le sobraba.

La mayoría de los asistentes la conocía y estaban encantados con ella. Tanta gracia era difícil de encontrar en una muchacha.

Agradeció por los aplausos con unas reverencias elegantes.

Edward también la aplaudió como el resto.

Podía notar que Olive Weatherly creció, se hizo mujer, y una que era hermosa, talentosa y que había confesado que lo esperaba. Dejó de dar aquel halago con sus manos para tomarse de entre los ojos y negar con la cabeza.

Una vez que recuperó la compostura después de sus pensamientos temerosos, observó que el joven Cavendish se acercó con elegancia y tendió su mano para que ella la cogiera entre la suya.

A ella se la notaba contenta por bailar. Sin dudar le dio su mano y fueron a perderse junto al resto de los danzantes.

Gerard Cavendish era gracioso, elegante, atractivo y adinerado. Tenía todo lo que una muchacha en la edad de Olive podía desear. Esperaba que aquel u otro caballero se llevara sus atenciones para que él pudiera continuar tranquilo por la vida.

—No he visto a nadie más entusiasta que esa muchacha. Cuando termine esta noche no sentirá los pies —comentó la madre de Edward.

—¿Qué? —preguntó. No le había prestado atención a su madre.

—Que a la señorita Olive le dolerán los pies. ¿Viste que fue para bailar con un Cavendish?

—Sí, lo he visto. Y espero que baile mucho. Es una excelente danzarina.

—Es perfecta en todo. Es lo una madre desea para su hijo.

—Pero no lo que el hijo de esa madre desea. Tratemos de pasar un momento más, madre, y luego partiremos a la casa. Estoy cansado.

—Si me hicieras caso no estarías cansado. Podrías estar ocupándote de tus negocios o a estas horas una esposa te estaría deleitando con el piano y tú bebiendo brandi sentado, viviendo la vida que mereces.

Él bufó y rodó los ojos. Estaba mentalmente agotado para pensar. Se sentía cansado, como si hubiera corrido una distancia considerable. La impresión por la confesión de las expectativas de Olive le robaron las fuerzas. No era su intención dañarla, sino que ella encontrara su verdadero camino.

Pudo distenderse por una hora más con Lornell y Ofelia, pero una vez que Olive se acercaba, algo le pedía que huyera para no decir cosas que quizá terminarían lastimándola.

—Por esta noche es suficiente. Me retiraré. —anunció a su pequeño grupo de amigos.

—Pero si es temprano. —alegó Olive con un mohín.

—A los médicos nos toca salir de madrugada en ocasiones, señorita Olive. Aún no recupero el sueño por el último paciente al que vi. —mintió—. Es una fiesta majestuosa y digna para usted.

—Gracias, doctor Flecher. Recuerde que tiene pendiente venir a cabalgar. —pronunció Olive.

—Es cierto. Lornell irá a cazar patos en unos días. Lo estaremos esperando para la cacería también —recordó Ofelia.

—Como todos los años, Flecher, esos patos nos esperan... —replicó Lornell, golpeando su lánguido brazo.

—Por supuesto. Me fascina la cacería... Estaré escribiéndoles. Qué tengan buena noche —se despidió con una reverencia a los demás.

Olive también lo reverenció, pero colocó su mano para que la besara como en la entrada.

Ella ladeó la cabeza al ver que Edward tomó su mano y la miró antes de dejar un beso en la parte superior.

—Adiós, señorita Olive.

—Lo esperaré pronto...

Ella lo vio irse con rapidez.

A Ofelia no le faltaba un olfato de sabueso.

Su hermana se comportaba de manera extraña con el íntimo amigo de la familia y temía que sus ojos se hubieran posado en un lugar prohibido.

—Olive, hay un hilo saliendo de tu vestido. Vamos al cuarto de costura por la tijera —mencionó Ofelia para que la siguiera.

Su hermana mientras iba caminando, buscaba con mucha insistencia aquel hilo invisible a sus ojos.

Ofelia abrió la puerta del cuarto de costura y luego lo cerró. Giró la llave y caminó hasta los ventanales para que entrara la luz de la luna, pues la penumbra era infernal.

—Necesitamos una lámpara, Ofelia, así no veremos el hilo.

—No hay ningún hilo, Olive. Deseaba conversar contigo.

—¿Sobre qué?

—Del doctor Flecher. He notado que casi lo obligas a besarte la mano. ¿Qué ocurre? No pasó desapercibido ese detalle para mí y tampoco el hecho de que hayas hablado de alguien mayor tiempo atrás.

Olive suspiró al ser descubierta y se sentó.

—Yo... —dio un suspiro sonoro—, tengo sentimientos por el doctor Flecher desde hace unos años, Ofelia.

Su hermana mayor se quedó en silencio.

Caminó hasta ella y se sentó a su lado.

—A mí no me disgusta, Olive, pero a Lornell no le agradará la idea. Tampoco noto un interés particular de él en ti.

—Todavía no sabe que me amará. Cuando deje de verme como una niña, correrá a mis brazos y yo lo recibiré.

—El amor no se obliga, Oli. Te sugiero que pienses en el joven Cavendish. Escucha... —dijo Ofelia que iba a ser interrumpida por Olive—. Él será aprobado de inmediato por Lornell. Te dará la vida que mereces.

—Es un joven adorable, sin duda, pero como dijiste, el amor no se obliga. Tú mejor que nadie sabes lo que es sufrir por un amor prohibido y tomaste la decisión de hacerle frente a tu desilusión cuando creíste que perderías al que hoy es tu esposo. ¿Por qué para mí no habría esperanzas de ser amada por el que yo creo que es capaz de amarme?

—Es cierto. No puedo darte un consejo siendo que yo he infringido mis propias reglas por amor y no me arrepiento. Tomaría la decisión de casarme con el señor Horstman mil veces. Pero, Olive, la diferencia es que él también me amaba...

Olive guardó silencio por un instante.

—Confió en que me notará muy pronto. Te prometo una cosa. Si no consigo su amor en esta primavera, me resignaré y buscaré a otra persona.

—No puedes conseguirlo en tan poco tiempo. Quizá es mejor que lo dejes para la próxima primavera.

—Me tengo una confianza feroz.

Capítulo 20

—Por supuesto que sé de aquel exceso de confianza que posees. Puedes confiar en tus capacidades, mas el resto es probable que vaya a tu mismo ritmo. —asumió Ofelia—. La madre del doctor Flecher estuvo preguntando sobre nuestra familia. Se mostró interesada en ti.

—Sería prudente que la invitaras a un té.

—No. Esperaremos a que ella lo haga. Si mantienes contenta a la madre, el hijo no durará en quedar bien también.

—Pues parece injusto enamorar a la madre para obtener al hijo. No habla de independencia definida —musitó Olive, quejosa.

—No dijiste que buscabas alguien independiente, sino que querías enamorar a alguien que viene acompañado. Es momento de considerar lo inconveniente del asunto. Tienes las de no salir victoriosa.

—Remar contra la corriente es mi especialidad. Convenceré a quien deba hacerlo por la justicia de mi causa.

Ofelia escuchó las incongruencias de su hermana por unos minutos más y luego la dejó regresar al salón para que siguiera en lo suyo. El cansancio no la convencía ni siquiera de sentarse a meditar sobre los inconvenientes de su elección.

Una vez que se fue el último invitado, Olive se dio el lujo de sentirse exhausta. Bailó con demasiadas personas para recordarlas a todas. Charlotte había tenido la misma gracia que ella para bailar. Ambas tuvieron una noche sin descanso.

Cuando ella colocó su cabeza en la almohada, no tuvo tiempo de pensar en su noche, se entregó al sueño.

Edward, por el contrario a Olive, no pudo cerrar los ojos. Su madre le habló sobre las maravillas que vio en aquel lugar y del talento innato de Olive Weatherly durante su regreso a la residencia. La dejó que se aburriera de su charla interminable. Él tuvo suficiente de mujeres por esa noche.

Deseo conciliar el sueño en su cama, pero prefirió recorrer la biblioteca con una copa de brandi en su mano, haciendo memoria de los últimos años de su vida.

Abrió un cajón de su escritorio y encontró una de las tantas muñecas que conservaba, estaban por todas partes en su casa. Llegaba de un lugar y la colocaba donde pudiera, no siempre llegaban al baúl donde tenía a la mayoría de ellas.

Cerró aquel cajón con violencia. Escuchó el sonido de un gallo anunciando el próximo amanecer con él despierto y penitente por su residencia.

Sopesó su inocente pecado de creer que la muchacha le había hecho un chasco años atrás cuando le dijo que lo esperaría. Debía ser más atento con lo que existía a su alrededor. Ser menos confiado y sospechar de hasta su sombra. Recordó cuánto ella se ofendió por llamarla niña, pero, ¿qué podía hacer él si para eso era ella ante sus ojos?

Esa noche, descubrió que sus ojos estaban equivocados. No era la bribona que gustaba de jugar con su primo y matar conejos, se convirtió en una dama.

De niña a mujer, una etapa para él, incomprensible. Si ella no se lo decía, seguiría creyendo que se trataba de una niña juguetona. La mujer que se presentó frente a él era inteligente, cargada de intelecto, con una apabullante personalidad y seguridad. Ya no era siquiera la sombra de la muchacha insegura que desconocía el lugar a donde pertenecía. Aprendió a aceptar su destino y a confesar sus temores frente a Lornell.

Cuando recordaba a aquel hombre, sus pensamientos repasaban en lo prohibido que era el sentimiento que Olive albergaba por él. Le inquietaba el hecho de que se enterase de aquel secreto de ella y que lo condenara sin siquiera preguntarle si él había intentado al menos algo para que tuviera esos nacientes pensamientos hacia él.

Era inocente de cualquier intento de seducción del cual pudieran acusarlo, no le dio pie a esos sentimientos, ni se los daría.

Pasó una semana del gran festejo y Olive no recibió ni una invitación para el té con la madre de Edward ni tampoco él se había aproximado para cabalgar.

Mantenía aún la esperanza de conseguir la atención de su amado.

—He visto a demasiados patos en esa laguna, padre. —comentó en la mesa.

—Es cierto, también los vi. —apoyó Maxwell.

—Mmm... Le escribiré a Flecher para que venga de cacería. No podemos dejar de compartir una interesante tarde —dijo Lornell, interesado.

—Considero más prudente que fueran dos días de caza. Los perros estarán extasiados por perseguirlos mientras los patos intentan huir de nuestros platos. El doctor Flecher podría quedarse aquí como un invitado para no ir y volver todos los días.

—Dudo que acepte quedarse por dos días. Es alguien dedicado a su profesión. —meditó Lornell con sus dedos en el mentón.

Olive sabía que era muy cierto lo que Lornell dijo.

Si lograba que aquel doctor apareciera para la cacería, ella se encargaría de que permaneciera un día más en ese campo.

Cuando abandonaron la mesa del desayuno, ella siguió a Maxwell que no le había dicho nada. No la invitó a salir para pasear con él, ni tampoco le dijo nada en referencia a su interés por el doctor.

—¡Oye, Maxwell! —exclamó, apresurada.

Él escuchó que lo llamaba y se giró para verla.

—No te hace muy feliz verme, ¿no es así?

—No se trata de eso.

—¿Por qué no me invitaste a caminar?

Maxwell no respondió con rapidez, sino que se dio vuelta para continuar su lenta caminata para adentrarse en las tierras.

—Porque deseaba salir solo, es todo. No puedo pedirte que me acompañes cada vez que se me antoje.

—¿Y Charlotte?

—¿Qué tiene Charlotte?

—¿Al menos la invitaste?

—No, tampoco. Salir solo significa no acompañado.

—¿Y no quieres que te acompañe?

—Pues, si quieres hacerlo, no existe impedimento.

Ella sonrió y siguió caminando junto a él que iba en silencio.

—¿No vas a criticar mis actos casamenteros? —interpeló, cansada del silencio de su primo.

—¿Por qué razón lo haría? —respondió con otra pregunta. Movió su hombro, desinteresado.

—Porque me quieres.

—Y tú no a mí, entonces... No debería ser mi prioridad preocuparme por tus hábitos de casamentera. Es de mi incumbencia ocuparme de mis intereses.

—¿Qué harías tú para conquistar a una dama?

—¿En verdad me preguntas esas cosas? Me permito recordarte que me rechazaste. Eso significa que soy un fracaso como conquistador de mujeres. —habló entre risas.

—¡Soy un caso distinto! —se excusó para que le dijera.

—Mi frustrada idea de aquel día era confesar mi devoción y que me aceptaras. Si eso hubiese ocurrido, te tomaría de la cintura para después apoderarme de tus labios y demostrarte así mi interés. Lo que ocurrió en realidad lo sabes bien. Tuve que pedir disculpas por mi comportamiento.

—¿No me preguntarás qué haría yo para conquistar a un caballero? —interpeló, curiosa.

—Supongo que dirás que tan solo necesitas mostrar un poco de tus habilidades y esperar a que tus exquisitas formas hagan lo suyo. —sugirió, burlón.

—En parte tal vez tengas razón. Pero me decantaría por algo más íntimo parecido al baile. Agarrar la mano, suavizar mi voz y dar algunas ideas para que las utilice conmigo.

—¿Sí? ¿Algo como esto? —preguntó agarrando por sorpresa la mano de Olive.

—Te ha faltado suavizar la voz —replicó, cómplice.

—Considero entonces que me ha dado más las herramientas para conquistarla, señorita Weatherly. Me ha contado sus más íntimos gustos... No soy al que espera, pero eso no me exime de aprovechar las pocas oportunidades que otorga la vida para realizar los sueños... —continuó Maxwell, que la acercó a su cuerpo con aquel tono dulcificado que utilizo por el solo consejo de ella— ¿Qué sigue a la idea?

—No lo sé. Estoy considerando las opciones. —mencionó, mirándolo en el rostro.

—Te haré una sugerencia, Olive. Considera un beso, quizá uno como este...

Él pasó de las palabras a la acción, descendió hasta los labios de Olive que no había puesto resistencia a lo que hizo Maxwell. A ella le resultó agradable conocer lo que era un beso.

Para Maxwell se trataba de conseguir al menos su consuelo por haber sido rechazado y para que Olive no fuera sin una experiencia a cumplir sus sueños.

Maxwell rompió aquel corto beso que le dio a Olive. Esperaba que le diera una bofetada por haberlo hecho, aunque ella parecía pensar en hacerlo. Se tocó los labios y le sonrió.

—Ha sido una experiencia agradable... ¿Volverías a hacerlo? —curioseó Olive sin dejar de tocar sus labios.

—No. Ha sido con la intención de que consideres eso para tu vida. No besaré otra vez a mi prima, si deseas práctica, hazlo con una fruta.

Vio que Maxwell continuó con su camino luego de decirle aquello. Barajó la idea de seguirlo, pero decidió que era mejor dejarlo solo. Ella aplicaría lo que él había hecho en cuanto tuviera la oportunidad.

Charlotte había quedado en encontrarse con Maxwell aquel día en el campo. Sin embargo, ante lo que había visto entre él y Olive, decidió no aparecer. Se quedó escondida hasta que los dos fueron por caminos distintos.

Regresó a su casa con el corazón adolorido por sus pensamientos.

Presumió saber lo que ocurría por la mente del caballero. Jugaba a quién caería primero en sus brazos y como ella sabía que Olive era su predilecta, no estaría en medio, pero le sorprendía cómo se comportaba su querida amiga. Comenzaba a pensar que sus intenciones hacia el doctor Flecher eran solo un artilugio para engañarla y que en realidad deseaba que Maxwell le propusiera matrimonio.

Estaba herida en su orgullo, pues creyó en su mente que aquel joven mostraba un interés de índole romántico hacia ella, mas al final terminaba siendo un juego donde la única que no se divertía sería ella.

Capítulo 21

Olive no olvidó el beso que le dio Maxwell. Se sorprendía de lo generoso que podía ser, aunque también podía considerarse un sinvergüenza por besarla. Confiaba en que no buscaba nada distinto al cariño que conservaban.

Meditó sobre un beso para conseguir la atención completa del doctor Flecher. Aquel era su anhelo. Si podía ser tan agradable y placentero como el beso que le dio su primo como muestra, estaba segura de que se lo echaría al ridículo sin mucha dilación.

—¡Eso es lo que tienes que hacer! —expresó sonriente mientras se acomodaba el cabello frente a su espejo—. Besar hasta dejarlo sin aliento...

Después de arreglarse, descendió las escaleras tarareando una melodía. Parecía un conejo saltando por la residencia.

Miró entre la correspondencia y había muchas invitaciones y tan solo una decía su nombre, el resto estaba dirigido al distinguido Lornell Horstman.

Le gustaba recibir correspondencia. Cuando rompió la cera que mantenía la carta sellada, comenzó su lenta lectura.

Estimada señorita Olive Weatherly,

La carta además del motivo de saludarla, obedece a una invitación para el té de la tarde. Me complacería que tomara en cuenta estas palabras. Comprendo que una dama casadera tiene una vida ajetreada. Conseguir un esposo no es una encomienda sencilla, pero a pesar de eso, me agradaría conversar con usted. He quedado encantada con su carácter y destrezas durante la velada a la que mi hijo me llevó.

La esperaré para que conversemos, puedo además aconsejarla un poco. La experiencia ajena si más no ayuda, enriquece.

Señora Flecher.

Olive se emocionó con el contenido de la carta y corrió hacia la terraza del jardín donde estaba su hermana.

Llevó además las invitaciones que iban dirigidas a Lornell. Sospechaba que muchas de ellas eran para bailes y fiestas de jardín.

—¡Ofelia, he recibido una invitación a un té! —anunció rebosando de felicidad.

—Me alegro, querida. ¿Quién te ha invitado? —preguntó su hermana que dejó el libro que le estaba leyendo a Lornell para escucharla.

—Para usted, mi querido padre —dijo entregándole el resto de las invitaciones —. La señora Flecher me invitó.

Ofelia no dejó de abrir los ojos por la sorpresa.

—¿Diciéndome querido padre piensas que te daré permiso de asistir? —interpeló Lornell, burlón.

—No es necesario que me ponga zalamera, usted me dará permiso porque quiere que sea una dama y un té es parte de ser una dama.

—Por supuesto que irás. Te pondrías tu mejor prenda para asistir —replicó Ofelia

—Está bien, es solo un té. Mientras, veré lo que tu amabilidad me trajo para el ajetreo —mencionó Lornell.

—Debo decírselo a Charlotte. Lleva dos días sin venir aquí, debe saber de las buenas nuevas...

—Procura no despertar la envidia en ella, es una buena muchacha. —mandó Lornell.

—Sí, padre. Me iré en este instante. Si no lo hago, estallaré de emoción.

Ambos despidieron a Olive que partió con prisa hacia la casa de Charlotte.

Saludó con ánimo a todo aquel que encontró en el camino.

Estaba de excelente talante y esperaba que también su amiga estuviera de la misma manera.

La señora Smith estaba cortando unas plantas de su jardín cuando la vio llegando.

—Olive, que bueno verte. —saludó la mujer.

—Buen día, señora Smith. He venido para visitar a mi querida Charlotte.

—Ella se encuentra en el gran árbol de atrás.

—Gracias, pasaré junto a ella.

Rodeó la casa para llegar hasta el lugar indicado por la madre de Charlotte y la distinguió en el columpio. Estaba de espaldas, observando el verde de las praderas y las flores primaverales que crecían en la atractiva maleza del campo.

—¡Charlotte! —llamó emocionada a la muchacha.

Aquella se dio vuelta para mirar a quien le llamaba y reconoció la figura esplendorosa de Olive.

—Olive... —mencionó. Abandonó su columpio y se colocó para que aquella la abrazara.

—No has ido a casa en estos días. Es cierto que debo más visitas de las que tú me debes a mí —comentó con un fuerte abrazo.

—Es cierto.

—¿Qué te ocurre? Te conozco mejor de lo que cualquiera podría —inquirió Olive, curiosa.

—No es nada...

—Puedes mentirle a tu madre y al mismísimo clérigo de Chatsworth, pero no a Olive Weatherly —dijo con suficiencia.

—No quiero volver a tu casa. —confesó, alejándose un poco de ella.

—¿Por qué razón? ¿Te has enojado con Maxwell?

—No estoy molesta con Maxwell, es... tan solo que... —calló sin saber cómo decir lo que pensaba —. No deseo verlo más.

—¡Pero si siempre han sido amigos! ¡Somos amigos!

—Es doloroso saber que seré solo su amiga. ¿Aún no comprendes mi angustia y mis sufrimientos sin ser correspondida? No esperes a llegar al sitio donde me encuentro, haz lo que debes...

—No lo comprendo, Charlotte...

—¿Qué no comprendes? ¿Él es para ti un juego o qué representa?

—Charlotte, si te refieres a Maxwell, es mi queridísimo primo y ya hemos conversado sobre el asunto más veces de lo que se debería y sabes que no me casaré con él porque no me lo ha pedido y no lo veo como un probable esposo.

—¿Cómo puedes mentirme?

Olive estaba asombrada por el tono que Charlotte estaba usando con ella. Parecía acusarla.

—No te estoy mintiendo.

—¡Los dos se han estado burlando de mí! —lamentó sollozando—. Los vi besándose en el campo, y no me digas que no es cierto.

—Es cierto, pero no...

—¿Sabes la razón por la que los vi? Fue porque él deseaba hablar conmigo y me envió una carta para encontrarnos, pero al distinguir que se besaban, decidí no acudir. Pensé que él podía verme como la esposa ideal...

—Él me dijo que quería estar solo. Lo seguí porque estaba aburrida, es todo. Lo del beso tiene una explicación y si me dejas te la voy a dar.

—Por lo que me dices, él prefiere jugar con velas por su una se le apaga. —manifestó Charlotte.

Para ella era imposible romper relaciones con Olive y la creía incapaz de hacer algo que pudiera dañarla, conociendo los sentimientos que ella tenía hacía Maxwell, aunque no podía explicar lo que vio ente ambos.

Olive tuvo que dar una larga y sincera explicación sobre aquel beso.

Charlotte comprendió, pero no logró aligerar su carga.

Su amistad con Olive era muy valiosa para romperla por un caballero cuyo cariño podía ir y venir. Los lazos de amistad eran eternos. Sobre Maxwell aún no decidía qué hacer, pero estaba segura de que él preguntaría la razón de su ausencia en aquel día.

Una vez que Olive conquistó de nuevo la confianza de su amiga, le contó, emocionada sobre la invitación que recibió de la madre del doctor Flecher.

—En ocasiones es mejor empezar por conquistar a la madre que al hijo. —razonó Charlotte, burlona.

—Es muy probable que en este caso termine siendo de esa forma. El doctor es resistente a mi encanto, pero aunque no te guste oír lo que voy a decir, Maxwell ha resultado ser de mucha ayuda. Con un beso conseguiré que caiga rendido.

—Piensa, si un beso deja rendido al que lo recibe, ¿por qué no caíste rendida ante el que te besó?

—¡Quizá solo funcione cuando una mujer es la que besa!

Charlotte frunció el ceño sin estar convencida en esa probable teoría.

—Lo averiguaremos cuando lo beses. ¿Crees que podrá ser en el té de su madre?

—Mmm... No lo sé. Estará su madre —respondió Olive.

—Eso no importa, lo que en realidad interesa es que estás a un paso de conseguir lo que deseas.

—Es un paso muy grande y costoso, no para mí, más es para el doctor. Es tan resistente como las flemas de mis sobrinos. Pero, no me daré por vencida, una mujer Weatherly no se rinde.

Las muchachas caminaron hasta los límites de la propiedad.

Olive acordó con Charlotte que la visitaría para que no fuera ella a su residencia y se encontrara con Maxwell. Olive le daría una lección a Maxwell por no haber sido honesto con ninguna de ellas.

Cuando regresó a su residencia, se cambió el vestido y se arregló el cabello con la ayuda de la señorita Dunbar, que, curiosa la miraba. Ofelia le había contado lo que Olive tenía en la cabeza. Como su institutriz estaba en desacuerdo con muchas de las actitudes de la muchacha. Tenía caballeros a sus pies, que la llenarían de atención, pero aquella parecía encaprichada con la idea de que debía ser el doctor Flecher. Lo apreciaba porque al igual que ella, llevaba muchos años sirviendo a la familia Horstman, no obstante, eso no lo convertía en un buen candidato para una muchacha como ella que buscaba ser el centro de atención.

El doctor Weatherly había sido un excelente patrón, pero muy ausente por los largos viajes para ver a sus pacientes. Su esposa lo esperaba con sus hijas arregladas y perfumadas al igual que ella, porque deseaba que estuvieran lo mejor posible por la posición que ocupaban. La señora Weatherly lo extrañaba y deseaba más tiempo a su lado, mas él estaba entregado a tan exigente profesión. Temía que una vez que Olive; con su característica perseverancia, lograra su cometido, y tuviera que pasar sus noches de invierno pegada a los cristales de su residencia, esperando el regreso de su amado tal y como lo hizo su madre.

Capítulo 22

Olive subió al carruaje que le facilitaron para que fuera a su ansiado té en la residencia del doctor Flecher. Aunque no sabía si iba a beber el té con él, estaba animada por creer que así sería.

Confiaba en su belleza y en el arreglo que le había hecho la señorita Dunbar para que asistiera a la invitación. Pese a no fiarse de que aquel fuera un candidato digno para ella, siempre le tendía la mano, era su señorita predilecta.

Durante el camino observó un poco de la polvareda que levantaba el carruaje. No había mucho en qué entretenerse en aquel viaje hasta su incierto destino.

La ansiedad que sentía, amenazaba con consumirla. Pensar en que, quizá, tenía en su mente la forma de conseguir un compromiso con el doctor Flecher, le producía gran emoción. Se sentía llena de vitalidad. El beso de Maxwell pese a que le acarreó problemas, era la solución a su dilema.

Cuando llegaron hasta el pueblo y el cochero se quedó frente a la casa de ladrillos rojos, su corazón latió despavorido. Una vez que se colocó para golpear la puerta, sus piernas parecían languidecer. No era la misma sensación que en su baile. Aquello olía a una oportunidad inquietante.

Golpeó aquella madera que la separaba de la señora Flecher. Respiró profundo y colocó una sonrisa exquisita en su boca.

Una doncella abrió la puerta y la invitó a pasar. Ella no desapareció su sonrisa. Debía mantenerse con la misma fuerza que sentía en su interior.

—Señora Flecher, la señorita Weatherly ha llegado. —anunció la mujer del servicio.

La señora se levantó de su sillón para recibir a una sonriente muchacha.

—Sea bienvenida, señorita Olive. Por el aroma, percibo que entre sus manos tiene aquellas perturbadoras galletas de su hermana en la bandeja. Jeffrey en ocasiones llega con las manos llenas, en agradecimiento por cuidar de los hijos del hacendado. —saludó la dueña de casa, con una larga introducción para la recién llegada.

—Gracias, señora Flecher —mencionó. Miró a su alrededor para estudiar los pequeños detalles del recinto. La residencia no contenía nada que aludiera a una familia con muchos recursos. Estaba finamente acondicionada, aquellas cortinas gruesas daban una gran sensación de privacidad, aunque en ese momento estaban corridas—. Mi hermana tiene muchas habilidades y entre ellas está la cocina.

—¿Qué le parece si me cuenta de su hermana mientras bebemos el té? —interpeló la elegante mujer.

—Sí, estoy de acuerdo.

—¿Cómo es que su hermana aprendió a cocinar?

Ella miró a la interesada mujer que le hizo un gesto con la mano a su criada para que fuera a buscar el té.

—Mi madre era exigente con ella, pero nunca la colocó en la cocina. Tuvo que aprender después de que mi madre enfermara. Las galletas son una imitación perfecta del trabajo de mi madre.

—Sé que fui muy desagradable con su hermana en nuestro primer encuentro. Éramos recién llegados aquí y pese a mi desacuerdo con la profesión de mi hijo, tuve que aceptarlo. Estoy segura de que dejé una mala impresión en la señora Horstman.

—Ella no guarda rencores, señora Flecher. Siento curiosidad por lo que me cuenta... ¿Por qué está en desacuerdo con su hijo?

La servidumbre volvió con la bandeja del té y unos platos vacíos para que se sirvieran las galletas que había llevado Olive. Las que prepararon en la casa quedarían para después. La dama observó que su criada hiciera lo que debía y se retirara, le sonrió a Olive antes de responder.

—¿Qué madre desea que su único hijo esté expuesto a enfermedades peligrosas? Jeffrey es un hombre de amplios caprichos, señorita —mencionó sirviendo su té con gracia.

A Olive parecía decepcionarle lo básico que resultaba el concepto de desacuerdo para la madre del doctor. Estaba expectante, creyó que sería algo que la dejaría sin palabras. Si era por ser caprichoso, ella era la reina de los mismos, y comprendía a cualquier caprichoso.

—No he percibido que el doctor Flecher sea caprichoso. Lo considero alguien metódico y digno de admirar.

—Eso es evidente. ¿Quién no admira a alguien que salva vidas? Hasta yo lo hago, pero, deberías considerar de que no conoces a fondo a la persona en otro ambiente muy distinto al que es propiamente dicho su trabajo.

—Él es amable siempre que va a la casa...

—Para atender a sus sobrinos...

—Y también para cenar...

—Después de verificar la salud de su familia. ¿Comprende lo que deseo decirle? Si quiere conocer a Jeffrey, más allá del rostro de doctor amable, debe hacer otras cosas. Déjeme decirle, señorita Olive, que mi invitación es más que una simple cortesía a una persona agradable o un tributo a su familia. He percibido que usted estima a mi hijo. Lo observa como no lo hace una persona común. Converse conmigo de frente, como lo hago yo. Esta invitación no sería posible si yo pensara que es una simple muchacha del campo... —declaró la madre del doctor.

El rostro de Olive era indescifrable. Era un hecho de que no podía concebir que alguien tan esquivo como el doctor Flecher, fuera el hijo de una mujer tan franca. Cuando la sorpresa la abandonó, pudo colocar su atención en sacar el provecho necesario de la situación.

—No esperaba que fuera muy notorio. —confesó Olive, cautelosa.

—Con facilidad podría confundirse por una simple admiración. Mis apreciaciones sobre usted han sido las correctas.

—El doctor Flecher es especial, lo presiento...

—No se imagina lo especial y egoísta que puede llegar a ser. Lo esmerado que es en su trabajo, tan solo puede compararse a su indiferencia, es igual de inspirado para eso.

Olive asintió. Presintió que aquellas palabras se ajustaban a la forma en la que él intentó evadirla siempre que pudo sobre su intención de que la viera de otra manera.

—Él no puede distinguir que soy una mujer. Es algo que me ha molestado mucho.

La dama rio cantarina frente a ella. Una vez que dejó de reír, alzó una ceja antes de decir unas palabras.

—De usted depende que la deje de ver como lo que fue.

—Disculpe, señora Flecher, pero quisiera saber si usted está a favor de su hijo o en su contra. No tengo mala intención al desear que me aprecie como una mujer disponible para el matrimonio. Comprendo los conflictos que pudiera esto acarrear con mi familia y también sopesé sobre los temores del doctor Flecher. Tengo que admitir que me huye como a la peste... —contó con un gesto nervioso.

—Estoy de su lado, señorita Weatherly. Quiero que se case, es todo lo que una madre desea para su hijo que huye de tan agradable obligación. Le daré un par de consejos. Escuche con atención —musitó con picardía la señora— Aproveche las oportunidades, no deje respirar, ni hacer pensar demasiado a Jeffrey. Su citada lógica lo llevan por el mal camino, fíjese usted, aún sigue soltero a su edad. Conquístelo con su carisma, con sus dotes, él la admira. Después de la admiración, se le abren muchas puertas. Es escurridizo como un reptil e igual de frío. Debe preparar una coraza contra el rechazo si piensa arriesgarse por esta encomienda.

—Sin temor a equivocarme, lo que más firme tengo es la coraza contra su indiferencia.

Olive y la señora Flecher, oyeron que la puerta se abrió. La figura alta y delgada de Edward, dejó su sombrero en el perchero y en una mesa pequeña su maletín con instrumental médico.

Cuando él recuperó el aliento después de un día ajetreado, notó que Olive estaba bebiendo el té junto a su madre. Su pecho palpitó. No sabía si del susto de verla o por la sorpresa.

—Señorita Olive... —pudo articular. Dio unos pasos hacia las damas que estaban en su sala e hizo una reverencia.

Como se le estaba haciendo costumbre a Olive, levantó la mano para que él la besara. A Edward no le quedaba otra opción más que tomar aquella mano y dejar un beso. Correr despavorido de aquel sitio no estaba entre las formas de salvarse en aquel momento.

—Es un gusto saludarlo, doctor Flecher. No ha ido a la hacienda. Las aves están muy contentas en nuestro cielo —aludió Olive.

—He invitado a la señorita Olive, querido. Me alentaste a que fuera más sociable con las personas del condado, y he aquí la criatura más primorosa que conocí —dijo su madre.

Edward no podía hacer alguna mueca de disgusto por la falacia que habló su madre.

—*La señorita Olive es una buena compañía, madre.* —alegó, complaciente—. Iré muy pronto a la propiedad, he recibido una invitación, pero...

—Comprendo. Debe ser que tiene muchos pacientes. ¿Recuerda al practicante de médico que dejó por esos años? Él puede suplir sus funciones como lo ha venido haciendo en su ausencia...

—Lo ha dicho bien, señorita Olive, en mi ausencia, pero estoy de regreso. —replicó, brusco.

—Iré por una taza más para el té —indicó la señora para dejarlos a solas.

Él se sentó frente a Olive, esperando a que no dijera mucho. Aquella lo observaba con sus penetrantes ojos azules. Era incómodo que lo escrutara de esa forma y se volvía aún menos cómodo saber las razones de esa mirada.

—¿Le molesta que accediera a una tarde de té con su madre, doctor Flecher? Le recuerdo que soy una mujer y puedo salir a beber té... —hostigó Olive.

—Nunca me molestaría, señorita Olive...—respondió con rapidez.

—¿Me obligará a enfermar para que vaya a la hacienda?

—Si usted enferma, enviaré al practicante, le aseguro que no será nada más grave que un capricho. Los niños tienden a hacer berrinches con frecuencia, señorita Olive —replicó ante la amenazante pregunta de la muchacha.

—No le haría ese desplante a la familia Horstman. Pero si se siente resguardado de esa manera, yo misma lo defenderé de la mala impresión que dejará en Ofelia y mi padre.

Capítulo 23

Edward recibió una punzada con la filosa lengua de Olive.

Suponía que sería imposible regresar a la antigua relación amistosa que mantuvieron. No comprendía las razones para que ella lo dejara entre la espada y la pared, y no era solo esa muchacha, sino también su madre casamentera que se prestaba a los caprichos de una niña.

—Le diré a mi padre que estará usted muy pronto. Nos pondrá muy contentos con su presencia —insistió Olive, desafiante.

—Está bien, señorita Olive. Ahora dígame, ¿en la cacería estaremos solo los caballeros?

—Nada tengo yo que hacer en ese lugar. Les acompañará el perro para coger las aves. Solo si usted gusta, cabalgará conmigo. ¿Lo haría, doctor Flecher? No quisiera que me guarde rencor.

Aquella mirada celestial con que la muchacha intentaba embaucarlo, era algo que podía convencerlo hasta de lo más descabellado.

—Quizá.

—Quizá es más un sí, que un no. Estoy conforme —admitió, sonriente— He traído galletas de Ofelia, si se quedará en el té, deberá comérselas porque si le digo que ignoró lo mejor que sabe hacer, es probable que rompa su corazón en pedazos.

Edward se distendió un poco. Bajó la guardia frente a la sonriente invitada de su madre. En aquel instante parecía ser la adorable Olive a la que conoció en sus inicios. La venda que tenía en los ojos sobre la niña que estaba frente a él, había caído. Aquella no tenía ni la voz, ni el porte de la pequeña de ocho años de mirada afiebrada que le obsequió una muñeca de paja. Se dio cuenta de eso cuando la observó ejecutando el piano, y también en ese momento en el que se encontraba frente a él, moviendo aquellos bucles con gracia. Olive era una mujer encantadora e inapropiadamente hermosa. Tragó saliva después de observarla por el tiempo que pareció una eternidad entre sus cavilaciones.

—No me atrevería a semejante insulto a la señora Ofelia. —dijo al fin después de un corto silencio.

Su madre regresó después de utilizar la taza como una excusa para dejarlos solos. Pudo pedirle aquello a la criada, pero lo último que deseaba era molestar en el intento de que la muchacha que estaba en su salón, utilizara su encanto para convertir a su hijo en lo que deseaba; un hombre casado.

Edward miró a su madre, que se sentó en el mismo lugar en el que estaba cuando él llegó. Olive le sonrió y se acomodó en el asiento.

—Supongo que beberás el té junto a nosotras, Jeffrey —insinuó su madre con una mirada inquisidora, que no alentaba una respuesta negativa de su parte.

—Sí. Me quedaré...

—Señora Flecher, el doctor ha dicho que irá para la cacería junto a mi padre y Maxwell. Ellos estarán muy emocionados y también el perro que ansía poder echarse a unos patos a la boca.

—Sé lo mucho que le agrada la cacería a mi hijo y más si sabe que lo esperan con mucha antelación. Sabrá hacerse de tiempo para asistir. El interés es la medida de la acción, ¿no es así, querido? Un médico no debería dejar su vida de lado por los demás, porque el resto no dejará su vida por él... —indicó la dama.

—Es evidente que desconoce sobre una vocación, madre, pero no la culpo, usted no está en mis zapatos. La señorita Olive sabe que su finado padre era médico. Supongo que recuerda algunos parajes de su vida, ¿no es así? —interpeló a la muchacha.

Olive abandonó su animada sonrisa para colocar un rostro cauteloso. Era muy poco lo que recordaba. Tenía días en que su padre estaba muy cerca de Ofelia y de ella, pero no era lo suficiente para formarse una imagen de alguien abnegado como padre de una pequeña niña. Su madre era la que estaba cuidando de ella junto con su institutriz, la señorita Dunbar, que fue despedida por falta de dinero luego de fallecer su padre.

Su progenitor pasaba la mayor parte de su vida de un extremo a otro del condado. Era querido por quienes lo conocieron, aunque en realidad murió junto a su familia, no había nadie más a su alrededor. Enterrado en una fosa quedó hacía ya doce años. Tanto había pasado que en su mente solo quedaba la imagen de un hombre de cabello blanco saliendo por la puerta de la antigua casa.

—No veía mucho a mi padre. Ofelia lo conoció mejor —confesó—. Sé que me amaba y yo a él, pero no siempre estábamos juntos.

—Los médicos no son buenos candidatos para nadie, señorita Olive, y usted lo sabe. Las ausencias son frecuentes y casi no hay tiempo para la familia, por eso es mejor mantenerse soltero. Hay personas que prefieren servir a los demás, antes que buscar su propia felicidad —dijo Edward para intentar persuadir a la muchacha con base en la experiencia familiar.

—¿Y quién dice que no pueden casarse solo por servir a los demás? ¿Sabe, doctor Flecher? Ofelia aprendió de mi padre e incluso lo asistió hasta morir. ¿No cree que sea el mayor acto de afecto, querer comprender la profesión del otro y acompañarlo? ¿No supone acaso que exista alguna dama que desee seguirlo en sus anhelos? ¿Por qué la soledad debe ser su compañera?

La madre de Edward asintió y miró a la muchacha con absoluta felicitación. No pudo habérselo dicho mejor a su encasillado hijo.

—Nadie mejor con la experiencia de esta muchacha para abrirte los ojos, querido.

Él se dio cuenta de que cuando Olive deseaba colocar las cosas a su favor, lo lograría de cualquier manera que se le ocurriera. Era como alguien que colocaba las piezas a su antojo y a él parecía todo dársele vueltas, quedando retrucado en su propio juego.

Cuando Olive decidió retirarse después de haber conversado junto a ellos por largas horas, se levantó e hizo una reverencia.

—Fue un verdadero placer haber venido. Una segunda oportunidad sería bienvenida para otro té —insinuó, feliz.

—Su visita, señorita Olive, ha sido lo mejor que me ocurrió desde que regresé a Derbyshire. Sin dudas estaremos bebiendo más té. Jeffrey la acompañará hasta su carruaje —mandó. Colocó la mano en el muslo de su hijo para que accediera.

Edward le ofreció su brazo para caminar hasta la puerta. Ella se agarró con gran ánimo. Iba feliz y colgada de su antebrazo. Él no podía hacer más que sentir el peso de Olive que casi lo tiraba al piso por su emoción.

—Su madre ha sido en exceso amable conmigo. Sea más benevolente con ella, porque lo quiere demasiado.

—Mi benevolencia para con ella, es exagerada también, señorita Olive.

Ella abandonó su brazo y se colocó frente a él antes de que abriera la puerta.

—Lo estaré esperando en la hacienda... —manifestó y se arrojó al rostro de él para dejarle un beso en la mejilla.

No pudo reaccionar del susto y de la sorpresa que se sobrevino a la inusitada situación. La sonrisa pícara de Olive, no hacía más que colocarlo en una incómoda situación.

Olive abrió la puerta y se despidió sonriente. Él seguía parado ahí mientras ella estaba subiendo a su carruaje.

Suspiró una vez que sintió el movimiento del coche. Se había animado a darle un aliciente para que fuera pronto. Deseaba hacer lo correcto, y lo que necesitaba era abrirle los ojos para que la viera.

Cuando pudo pasar de su letargo, cerró la puerta y se dirigió a la sala junto a su madre.

—¿Qué ha hecho, madre? No invitó a la señorita Olive con buenas intenciones. ¿Quiere acaso aprovecharse de su ignorancia? —reclamó, a la vez que echaba su cuerpo en donde estuvo sentado y se tapó el rostro como señal de una terrible frustración.

—Esa muchacha te adora y...

—¡Lo sé, lo sé, y lo sé! —expresó, alterado —. ¡Y preferiría no saberlo!

Ambos se quedaron callados después de aquella iracunda confesión que le dio a su progenitora. No había visto a su hijo en aquel estado de alteración. Parecía acorralado como un animal.

—Estoy intentando que ella no piense que soy una buena opción, madre. No merece a alguien que no la apreciará y que dedicará su tiempo a los demás. Ella es acaparadora, deseará más cosas que no estoy dispuesto a perder. No quiero a esa niña cerca de mí, altera mi paz y la tranquilidad que adquirí después de dejarlos a todos en Londres.

—Si logra alterarte de esa manera es porque hay algo en ti que deseas ocultar.

—¡Es evidente que es una niña! Mis ojos no pueden verla de otra forma. Es prohibido y me quebranta. Es...

—Es el temor a que te descubran y a que pierdas tu tranquilidad, pero ella ha logrado su cometido, de aquí en más no podrás encontrar la paz.

Mientras Edward no encontraba un poco de paz, Olive regresó a su casa, feliz. Ella tenía una sonrisa triunfal. En esa ocasión no había mencionado nada de su afecto por él porque no deseaba que perdiera la cordura.

Aunque le era difícil de admitir, ella también debía conocer al caballero detrás del doctor que los atendía. En aquella tarde la había sorprendido con sus poco agradables palabras. Sin lugar a dudas, el doctor Flecher no hubiera dicho algo de esa forma, pero sí Jeffrey Flecher.

Se estaba adentrando en un terreno inhóspito, donde descubriría si sus sentimientos eran reales o tan solo un cariño sobresaltado por la edad.

Capítulo 24

Sucedieron un par de días desde que Olive visitó a la madre del doctor Flecher. Él aún no había asistido a la invitación de Lornell, excusándose en que se encontraba muy ocupado, y que iría tan pronto tuviera un hueco en su ocupada vida. Aquel hecho enfadó a Lornell, pero no sorprendió a su esposa, ni a Olive y menos a la señorita Dunbar.

Olive decidió que debía atraer al más escurridizo de todos los caballeros. Para su desgracia, ninguno de sus sobrinos presentaba alguna enfermedad, ni siquiera el más pequeño de los resfríos los asechaba. Y sobre su salud en particular no había mucho que decir, era ridículamente saludable.

Observó el cielo y notó a lo lejos unas nubes. No osó a pensarlo demasiado. Buscó unas frutas, pan, y algo de beber. Decidió salir a buscar algo que ese hombre no dejaría pasar por nada: una enfermedad. Necesitaba al menos un resfrío, una tos o fiebre.

—¿Sabes la razón por la cual Charlotte no ha venido? —indagó Maxwell, mientras estaba aburrido en el salón y miraba por la ventana hacia el campo.

—Podrías ir a su residencia y preguntarle en persona si algo le sucede. Es lo más sencillo —recomendó Olive antes de salir por la puerta.

—¿Puede que esté enfadada conmigo? ¿Qué opinas?

—No me dedico a la adivinación. Te acompañaré hasta los límites de su propiedad si no te sientes con el suficiente valor para conocer si está enfadada o no. Haría cualquier cosa por ti, incluso dejarte en las fauces de una dama.

—Vaya expectativa. Es real, está muy molesta —afirmó Maxwell, sorprendido.

Él acompañó a Olive hasta parte del camino. Ella lo vio perderse hacia el sendero que lo llevaría a la casa de Charlotte. Le deseaba suerte para que lo recibiera. Debía comprender que al parecer tanto Maxwell como Charlotte estaban destinados a estar juntos. Sabía que las cosas cambiarían y pasaría a ser la persona que juntó a los dos, Charlotte como su amiga y Maxwell como su primo. Gracias a ella se habían conocido, algún día debían reconocerlo.

Pasó mediodía sentada en una sombra. Su única compañía que llevó dentro de la canasta independiente a la comida, era un bordado. Una vez que se cansó de hacerlo, volvió a mirar el cielo. No había mucho que hacer, las nubes estaban muy altas como para bendecirla con un poco de agua y viento.

Bajó de su regazo su bordado y se dispuso a salir de la sombra.

—¡Llueve, llueve! —Mandó a la vez que saltaba moviendo su falda—. ¡Solo un poco de agua! ¡Mójame!

Hizo un buen berrinche bajo el cielo hasta que se cansó y arrugó su frente al darse cuenta de que no estaba sola.

Distinguió la figura de una persona montada en el lomo de un caballo.

—En ocasiones también hablo solo y cuando la sequía amenazaba a nuestras tierras también hago el baile de la lluvia, señorita Olive.

—Lord Cavendish, qué sorpresa. No piense que acostumbro a hablar sola en demasía. —se disculpó ante la mirada burlesca de Gerard Cavendish.

—Conversé con el señor Horstman y él me dijo que usted salió sin rumbo. La he buscado bastante, creo que llegué hasta el límite del otro condado y encontré a la más agradable de las criaturas que habitan Derbyshire.

—Exagera un poco. —le restó importancia.

Él bajó de su caballo y se colocó junto a ella para observar el paisaje.

—El señor Horstman tiene vastas propiedades... —comentó.

—Sí, son muchas. ¿Qué lo trae tan lejos de sus dominios?

—Quería invitarla a pasear por el campo. No hay mucho que se pueda hacer por aquí. También quería enseñarle los salones de Chatsworth House.

—Suena excéntrico y agradable —admitió, sonrojada.

Gerard Cavendish tenía un innegable atractivo, y si su padre le había dicho que salió a pasear, era evidente que lo aprobaba con todas las palabras que contenían consentimiento. A ella le agradaba el joven, pero no más de lo que podían agradarle otros, como su primo.

Lo más valorable del asunto era que él había ido a buscarla por interés, mientras ella estaba haciendo el ridículo bajo una nube que ni oídos tenía por un hombre que la ignoraba sin ningún remordimiento.

—Supongo que en mi búsqueda habrá quedado hambriento.

Él asintió y ella le mostró señalando con el dedo el lugar donde dejó su canasto.

—Frutas y vino... —dijo él, sorprendido al descubrir lo que escondía la muchacha.

—Es solo el resto del vino de la cena. No acostumbro a beber demasiado alcohol, prefiero el té.

—Espero en algún momento una invitación suya para un té.

—¿No considera más afortunado tener una merienda que esté compuesta de frutas y vino en mi compañía? Yo consideraría eso un hecho de lo más afortunado.

El joven sonrió ante sus palabras y no dudó en coger la botella de vino que ella le pasó para que abriera y la copa para que le sirviera.

—Más considero esto la merienda más excéntrica de mi vida. Mi primo William Cavendish me dijo en algún momento lo excepcional que era Ofelia Weatherly, su hermana. Pero es porque no la conoció a usted... —halagó agarrando del canasto una fruta.

—Yo considero que el esposo de mi hermana aún tiene atorado a su primo en la garganta. Es una anécdota en casa el cómo se había negado a que Lord Cavendish cortejara a Ofelia.

—Son cosas del pasado, poco afortunado para mi familia, pero muy fructífero para la suya, señorita Olive.

Ella estaba divirtiéndose con las anécdotas que Gerard le contaba sobre sus viajes. También la había persuadido de que le dijera a Lornell que lo invitara a una jornada de cacería. Decía que podía demostrarle la gran puntería que tenía.

Ninguno de los dos se dio cuenta de que aquellas nubes que antes estaban tan lejos, deseaban bañarlos con sus abundantes gotas de lluvia. Un trueno hizo que ambos se removieran en sus sitios.

—No quisiera que se mojara, señorita Olive. Suba a mi caballo para que vayamos más rápido —aconsejó Gerard.

—Estoy deseosa de mojarme, lo esperé todo el día —resaltó. Cruzó los brazos bajo el pecho e hizo un mohín de disgusto.

—No me perdonaría además de haberme bebido el vino que trajo, dejarla aquí, a su suerte. Se lo pido, suba conmigo, que cuidaré de usted.

Olive bufó y asintió. Aquel no podía ser víctima de sus caprichos, por lo que subiría al lomo de ese caballo y regresaría a su casa.

Gerard la ayudó a subir y luego lo hizo él con el canasto. Olive sintió que su espalda se recostaba por el pecho del buen mozo caballero que estaba siendo amable. Era evidente que tonta no era, el interés de aquel se centraba en conocerla y encontrar puntos favorecedores para convertirla en su esposa. Por supuesto que el vino no era algo que se encontraba a su favor. Creería que era alcohólica, muchas damas lo eran, pero ella no quería ser parte de ese número contado de mujeres que acudían a la bebida como escapatoria.

Debía admitir que ir acompañada de Gerard Cavendish le producía gran satisfacción.

Sentirse atendida y adulada era algo que cualquier mujer deseaba.

Pensar en que el doctor Flecher le huía no le hacía ningún bien a su alma, mas, la compañía de aquel que la llevaba era agradable y tolerable. Ella no debía pensar mucho para responder o luchar contra la voluntad de alguien. Era más sencillo buscar un esposo en otro lugar que conseguir la atención del escurridizo doctor.

No era de rendirse, pero si no iba bien con su prospecto de esposo, había otras opciones que podía tener en cuenta.

Gerard Cavendish no era despreciable, en lo absoluto.

Era absurdo incluso que se cuestionara aceptarlo si la pedía en matrimonio, no obstante, sus pensamientos le pertenecían a otro, ¿cómo luchar contra lo que su propia mente le decía?

Por el camino, los había empapado la lluvia.

Olive estaba feliz y Gerard no entendía el motivo de tanta algarabía para ella que abrió los brazos para recibir a aquella copiosa lluvia que los había dejado casi ciegos por la violencia de sus gotas.

—¡Ha sido emocionante! ¡Deberíamos repetir! —expresó Olive, cuando él la ayudaba a bajar.

—Suena excelente...

Ella lo cogió del antebrazo para llevarlo hasta el interior de la vivienda. Su hermana mayor junto a sus hijos, su esposo y Odei, los vieron llegar empapados.

—Unas mantas, unas mantas... —mandó Ofelia a la servidumbre.

—Es una gran lluvia —resaltó Olive.

—Solo espero que no enferme ninguno —alegó Lornell, mirándolos desde su sillón.

Olive deseaba decirle que eso era lo que ella estaba esperando que le ocurriera.

—Nos haría bien un té caliente, ¿no lo cree, lord Cavendish? —interpeló Olive, pícara.

—Sí. Ha sido un trayecto mojado hasta aquí.

Ofelia proporcionó a ambos unas mantas para que mantuvieran el calor y les sirvió té para que estuvieran más calientes.

Un estornudo de Gerard Cavendish alertó a Olive y a su familia.

Ella no asomaba siquiera un cosquilleo en la nariz, mientras que su acompañante estaba estornudando.

Era tan infortunada para llamar la atención del doctor Flecher, que no sabía qué más hacer.

Capítulo 25

Como lo supuso, Gerard Cavendish enfermó. Golpeó su falda tantas veces como su capricho se lo dejó hacer. Recordó el día anterior en que Lornell se impuso ante la humilde negativa del joven a que lo acercaran a Chatsworth House en el carruaje.

La carta que había llegado a ella con puño y letra del joven, la enfureció.

—¡Yo era quien debería estar en cama! —gruñó.

—Las cosas no le saldrán, señorita Olive, si las obliga de esa forma. Además, le he dicho que un médico no es un buen esposo y padre —dijo la señorita Dunbar.

—Es porque estoy segura de que mi madre no fue una dama considerada.

—¿Cómo podía ser desconsiderada cuidando de ustedes? La señorita Ofelia hizo todo lo que estuvo a su alcance para ganarse la compañía de su padre. Él era un hombre ocupado.

—¿Pero acaso no tenía unos días libres?

—¿Acaso las enfermedades dan tregua?

—Es verdad. Pero, considere que si puedo llegar al duro corazón del doctor Flecher, él me adorará, lo sé.

—Yo supongo que ya la adora, porque es su paciente más especial.

—¡Soy la paciente más impaciente y saludable que cualquier doctor o curandero pudo haber visto! —renegó.

—Como usted lo dijo: «Ridículamente saludable».

Maxwell se burló de ella sin mucho preámbulo cuando estaban en el salón y ella se había decidido a ejecutar el piano.

—Todavía me duele el estómago por la risa, Olive, ¿en verdad se enfermó? Qué débil.

—Oh, el señor Horstman aquí presente es tan saludable que pretende burlarse de otros que sí se mojaron en lo que parecía un diluvio.

—¿Y no irás a visitar al infortunado caballero enfermo? —inquirió Maxwell recostado en el piano —. Es probable que deba ser atendido por un doctor.

La insinuación de Maxwell hizo que una sonrisa se dibujara en su rostro.

—¡Cómo no lo había pensado! ¡Oh, Maxwell, me moriría sin ti! —expuso. Acarició la mejilla de su primo y luego se levantó del banco.

—Siempre doy malas ideas, pésimas en realidad, y todas van en mi contra.

—Tú irás conmigo. No puede ir una dama soltera a visitar a un hombre soltero, adinerado y atractivo como es Lord Cavendish.

—Esto raya lo ridículo, Olive, nada tengo yo que hacer en aquel lugar.

—Sí, tienes algo que hacer: acompañarme. Esta fue tu idea. Estoy muy preocupada por su salud, después de haber sido tan amable de cargarme en su caballo...

—Vaya... Me odiaré por siempre si él logra casarse contigo —espetó, dejando el salón.

—¿A dónde vas?

—A buscar el carruaje. Al mal paso, darle prisa.

Olive brincó de emoción.

Ella sabía que Maxwell no tenía escapatoria, tenía que cumplir sus deseos o sería algo imperdonable. No había forma de que aquel pobre que la adoraba no hiciera lo que le pidiera.

—Iré para visitar a lord Cavendish... —anunció Olive, que abrió la puerta del despacho de Lornell y casi cerró la puerta.

—¡Un momento, muchacha! —espetó, esperando a que se dignara a entrar para que pidiera permiso.

Ella bajó la cabeza y dirigió su mirada hacia él.

—¿Puedo ir a visitar a lord Cavendish?

—Repentinamente tienes modales. ¿Desde cuándo las damas visitan a los caballeros? —preguntó.

Se recostó por el sillón y unió ambas manos para escucharla.

—Desde que se enfermó por mi causa. Maxwell se ha ofrecido a acompañarme.

—Lo dudo, pero si va contigo, estoy de acuerdo.

—Lord Cavendish desea cazar con ustedes, ¿puedo invitarlo?

—Lo harás de todos modos. Me agrada ese joven, es un excelente prospecto para ti. Es mejor que sí lo invites para que lo conozcamos mejor.

—Por supuesto. Adiós. —dijo después de acercarse y dejar un beso en la mejilla de Lornell.

Negó con la cabeza después de que la vio salir. Olive era una tromba llena de vida. El día que tuviera que formar su propia familia, podía asegurar que aquella casa quedaría muerta sin su vitalidad.

En el carruaje, Maxwell en muchas ocasiones colocó el rostro de pocos amigos que no lo caracterizaba. No estaba contento con ir hasta Chatsworth House. Debía mantener la boca cerrada en lugar de decir tantas tonterías. Olive intentaba distraerlo con su conversación absurda sobre lo que había conversado con Gerard Cavendish y más la invitación que aquel mismo le pidió que le hicieran para cazar en la propiedad.

En Chatsworth House había llegado Edward, poco entusiasmado por atender a un Cavendish. Tenía una fuerte razón para evitarlos con frecuencia. Ellos podían reconocerlo, al menos los miembros más antiguos de la familia. Esperaba no tener que encontrarse con alguien conocido.

Cuando pasó la puerta de la familia Cavendish, supo que estaba en un aprieto.

—¿Dónde está el enfermo? —preguntó a la doncella, dando la espalda al salón.

—En la habitación de invitados, doctor... —indicó la muchacha que señalaba hacia la escalera.

—Yo acompañaré al doctor. Uno de mis nietos está enfermo —dijo la voz de una mujer mayor que se acercaba lento con su bastón.

El sonido del golpe del bastón contra el suelo, hacía que los latidos del corazón de Edward, estuvieran en su oído. ¿Cómo no reconocer a la más anciana de la familia Cavendish? La cabeza de todos ellos. Él solo deseaba que tuviera mala memoria y que no lo hubiera visto antes.

—¿Cómo es su nombre, doctor? —interpeló la mujer, que no dejaba de observarlo minuciosamente.

—Jeffrey Flecher, milady. —contestó en su intento de no parecer nervioso.

—Subamos, doctor Flecher. Gerard está convaleciente, pobre muchacho mío. Es mi nieto más adorado.

Él asintió y por un segundo recuperó la calma. Aquella parecía más interesada en la salud de su nieto que en él, aunque no dejaba de escrutarlo. Su cabellera recortada debía ayudar a que no se lo reconociera por su antigua y rebelde melena.

—Él fue ayer junto a una muchacha. Una que lo ha dejado en ese estado. Llegó mojado, estornudando y hablando de lo maravillosa que era ella. Hoy amaneció con una tos digna de un animal... —comentó la vieja mujer.

—Me ocuparé de la salud de su nieto.

Ella le abrió la puerta y lo dejó pasar. El joven estaba acostado en su cama, tapado con impolutas sábanas blancas al igual que su camisón. Tenía en su mano un pañuelo igual, a juego con todo lo que había en esa cama.

—Querido, ha venido el doctor a verte. Quiero que estés saludable. Tu abuela no se quedará de brazos cruzados. —habló mientras se acercaba para acariciar los cabellos negros del joven.

—Estoy bien, es un resfriado sin mayor importancia.

—Te dejaré con él, Gerard. Estaré en mi habitación.

La abuela de Gerard Cavendish abandonó la estancia y dejó a ambos varones en solitario.

—Su abuela no ha escatimado en decir que fue una dama quien lo enfermó, milord. —le dijo Edward para iniciar una conversación.

—Enfermar por tan graciosa criatura es algo que se podría volver a repetir —estornudó después de decirlo—. La señorita Weatherly es tan hermosa como un ángel.

Edward abrió los ojos, sorprendido por lo que escuchó salir de la boca del enfermo.

—¿Estuvo usted en la propiedad del señor Horstman? —curioseó. Buscó en su maletín su implemento para escuchar los pulmones de quien yacía en cama.

—Fui para invitarla a pasear. Ella estaba bajo un árbol, pidiendo a quién sabe qué, que lloviera, y así ocurrió. Debería hacer aquel baile y pronunciar esas palabras en la sequía. Ha sido encantadora y amable conmigo desde que la conocí.

—La señorita Olive siempre ha sido muy graciosa e inteligente —dijo a modo de comentario —. Siéntese para que lo escuche...

—Su sonrisa invita a secuestrarla como en esas románticas novelas. No creí posible considerarlo en algún momento, pero espero poder convencerla de que soy un buen caballero.

—Guarde silencio por un instante para que pueda escuchar.

—Lo siento mucho, doctor —se disculpó, sonrojado.

Intentó oír algo más aparte de lo que le había dicho el muchacho, pero no oyó nada que comprometiera su salud, aunque aquel sí parecía padecer otro tipo de enfermedad que amenazaba su paz, al igual que la de él.

Olive estaba metida hasta en sus pacientes. Había dejado que cualquier noticia donde ella estuviera la escuchara con interés.

—No se va a morir, milord. Es un simple resfriado. Tome mucho té.

—Suponía que no iba a morir...

Olive junto a Maxwell estaban en el recibidor. La doncella los había hecho pasar.

—¿Cómo se encuentra lord Cavendish? Mi querido primo estaba preocupado por su salud —afirmó Olive.

Maxwell abrió los ojos por aquella mentira que le había salido tan natural a Olive. Como ella lo decía, él y Cavendish parecían amigos de toda la vida.

—El doctor lo está atendiendo, señorita.

—¿Podríamos pasar junto a milord?

—Los acompañaré —dijo la doncella, guiándolos.

Olive suponía que el doctor en cuestión era el que le arrebataba el sueño. La puerta que abrió la doncella le dio la razón. Él estaba guardando sus objetos.

—Buen día, lord Cavendish, doctor Flecher... —saludó ella a la vez que entraba.

—Es un placer estar convaleciente y recibir su visita, señorita Olive. Será más efectiva que los tés recomendados por el doctor Flecher para curar mi resfriado.

—Lamento mucho que haya enfermado. Estaba preocupada por usted. ¿Lord Cavendish se curará pronto, doctor Flecher? Mi padre me pidió que lo invitara a la cacería, tal y como era el deseo de él. ¿Podrá asistir?

—Puedo suponer que estará repuesto en dos días —respondió a Olive.

—Le agradezco mucho que cuide de milord, es alguien muy amable y valiente que me salvó de enfermar. Si él no enfermaba por mí, usted estaría en casa, doctor Flecher, pero soy, tan saludable que las enfermedades me esquivan.

—Tengo buena fortuna entonces... Digo, tiene buena fortuna —se retractó al darse cuenta de que había cometido una indiscreción.

—Lo esperaremos también para que se una a la cacería. Maxwell y mi padre no pueden más de la ansiedad, no los haga esperar. Sea como lord Cavendish, que asistirá encantado. —musitó para molestar a Edward por lo que había dicho.

Capítulo 26

Los demonios de Edward estaban acosando su tranquilidad. Olive con todo su carisma y gran afecto a cualquier criatura viviente, estaba dándole sus buenos deseos a Gerard Cavendish que parecía cegado por un incipiente amor hacia ella. Aquel era un excelente candidato para ella, mucho más que él y no debería molestarle que estuvieran en el mismo sitio. Tampoco que lo hubiera invitado al mismo evento al que estaba convidado él, pero, por más que aquel joven fuera un caballero con todas sus letras, Olive era una dama soltera y no debería están en aquel lugar visitando a otro soltero.

Su mente intentaba consolarlo con la sólida frase «Agradece que no eres tú quien convalece en esa cama, porque de lo contrario, ella estaría detrás de ti».

Cuando él notó que ella se acercaba aún más al joven y buscaba algo con insistencia en su ridículo, prestó atención a lo que haría a continuación.

Olive sacó un pañuelo y se lo extendió.

—Con la suavidad del pañuelo de una dama se recuperará muy pronto.

El rostro con que Gerard Cavendish recibió aquel presente era indescriptible, pero dejaba notar que le producía regocijo y también orgullo.

—Podría morir, señorita Olive, enfermar con tal presente como este pañuelo es un sueño. Deseo permanecer convaleciente de por vida si eso me asegura tanta atención.

Edward recordó el pañuelo que ella le había entregado tiempo atrás, el día en que se había despedido de ellos. No sé dio cuenta de que ella, en aquel día, le había dicho sus sentimientos con aquel detalle, y él la había ofendido al decirle a su manera, que era una niña encantadora. Esa ofensa para ella, la recuerda hasta la fecha.

Él no era un adivino para reconocer lo que pensaba la muchacha sobre él o de los sentimientos que albergaba en aquel entonces. Ya sabía lo que ella pretendía, sin embargo, fue hasta dos años después de haberse ido.

El detalle del pañuelo él no lo había tomado con el entusiasmo que ella esperó. No era como la reacción que tuvo el joven postrado. Aquel hasta sonaba exageradamente complaciente por recibir el presente.

Olive sonrió por haber conseguido animar aún más a lord Cavendish y a su vez notar que el doctor Flecher observaba con rigurosidad lo que le dio al muchacho.

—No diga que desea enfermar para obtener mis atenciones. Saludable es más agradable para conversar y salir a cabalgar. Haber vuelto con usted sobre su caballo, fue una experiencia inolvidable. No se habían preocupado por mí de tal manera en mucho tiempo.

Los ojos de Edward se salieron de sus órbitas al escuchar que habían estado juntos en un caballo. Aquello rozaba la indecencia con creces. Su rostro no podía ocultar su profunda desaprobación ante el hecho.

—Me retiraré. Siga mis instrucciones y estará pronto recuperado para seguir cabalgando con la señorita Olive. Con permiso —se despidió cogiendo su maletín.

—Gracias, doctor Flecher. Lo haré al pie de la letra, no puedo perder tiempo en esta cama —resaltó el joven Cavendish envalentonado por el presente.

Ella lo miró irse y no dijo mucho. Se reverenciaron mirándose a los ojos. Percibió la molestia en los ojos ambarinos del doctor y se sintió orgullosa de haber provocado algún sentimiento en el frío pecho de él.

Cuando salió de la habitación, encontró a Maxwell en el pasillo.

—Supongo que ha sido una tortura para usted venir hasta aquí —dijo Edward.

—En efecto, doctor Flecher. Los caprichos de Olive no tienen solución.

—Me refiero a que haya venido a visitar al joven, si mal no recuerdo le propuso matrimonio...

—Es cosa del pasado. No me quedaré soltero porque ella me ha rechazado. Tengo mucho con quien compartir lo que poseo y damas que querrán estar a mi lado.

—Cuide de la señorita Olive. Supongo que por su edad está desorientada para haber aceptado subir a un caballo con Lord Cavendish.

—Es mejor que se lo diga usted mismo, le hará más caso que a mí.

Él asintió para no decir que jamás lo haría, aquello sería para Olive un aliciente para creerlo interesado en ella, pero le preocupaba su seguridad y su reputación. La conocía de años, no podía ser tan indiferente.

Ambos se hicieron una reverencia y Edward se dirigía a las escaleras cuando la abuela de los Cavendish salió de su habitación para seguirlo.

—¿Qué no es usted el duque de Chumberland? —interpeló la mujer con seguridad.

Edward sintió que soltó su maletín en el suelo. Aquel ruido llamó la atención de Maxwell que continuaba enfurruñado, se acercó para ver qué ocurrí y sin evitarlo, se dispuso a oír lo que conversaban.

—Sí, es usted. Tiene muchos años desaparecido, excelencia. En estos años es menos antipático. —resaltó la mujer.

—Me confunde, milady. Su nieto predilecto queda a cargo de la dama que lo enfermó...

—Su rostro es inconfundible.

Él no quería seguir respondiendo, agarró su maletín y miró a la mujer.

—Le ruego que no cuente a nadie que soy el duque de Chumberland, milady. Esta es la vida que siempre deseé para mí.

—Por supuesto, doctor Flecher... —asintió la mujer.

Maxwell quedó con la quijada en el suelo. ¿Quién estaba entre ellos? La imagen del doctor que conoció por años se desvaneció para darle alcance a otra figura menos agradable. Notó que aquel hombre que hacía de doctor lo distinguió escuchando. La mirada amable que lo acompañaba siempre, en aquel momento se transformó en otra muy distinta, llena de desconfianza. Se sostuvieron la mirada por unos imperceptibles segundos.

Edward salió apresurado de la residencia y subió a su pescante. Una vez que azuzó a su caballo, maldijo en incontables ocasiones mientras se acomodaba tapaba el rostro. Por el rostro pasmado de Maxwell supo que él sabía su secreto.

Sabía que los Cavendish algún día podían ser un problema para él. No quería verse obligado a dejar Derbyshire y ponerse otro nombre para continuar con sus anhelos sin ser juzgado. Aquella era una profesión que era mejor seguirla solo.

Por más que Olive Weatherly se empezará en creer que lo amaba, no abastecía para él y menos para ella. Su futuro era poco favorecedor porque conocía al menos por sus oídos sobre la agitada vida de un médico rural que debía viajar largas distancias a cualquier hora.

Después de que Olive se despidiera de un extasiado Gerard, Maxwell también le dio sus buenos deseos para su recuperación.

Durante el camino de regreso, Maxwell ya no parecía enfadado con Olive, sino que se encontraba muy pensativo, en un silencio poco característico por su parte.

—Opino que lord Cavendish es un excelente partido para ti, Olive. —comentó.

—Yo sé que lo es, pero mis pensamientos no aceptan a otro distinto al doctor Flecher. Tan solo si él no me diera esperanzas, aceptaría alguna propuesta de él o la tuya.

—Yo no deseo más que seas mi esposa, Olive. Pero me siento agradecido de estar entre tus fantasías.

Ella se encogió de hombros y le sonrió con picardía.

—Hoy he notado que ha puesto mala cara cuando dije algunas cosas sobre mi encuentro con lord Cavendish.

—Me dijo para que cuide de ti porque estás desorientada.

—¡Siempre para él soy la oveja negra y desorientada! —se quejó.

—Y de paso una niña caprichosa e inescrupulosa para hacer con propósito tu comentario.

—Lo que interesa es que al fin y al cabo tuve su atención. Si él no sabe valorar mi atención, otros lo harán encantados.

—Sí, hay que perder algo para realmente saber cuánto vale. Olive, toma tus recaudos. Conquistar a ese doctor puede ser hasta peligroso.

—Sí, como mucho se me pegará un resfriado. Así de peligroso es un médico. —se burló a carcajada suelta.

Al pasar unos tres días, Olive mientras estaba aburrida observando el campo en solitario, pues Maxwell decidió abandonarla para ir a casa de Charlotte. Sus ojos se llenaron de sorpresa y se quedó boquiabierta, el pescante del doctor Flecher llegó a la residencia de los Horstman.

Él llevaba el atuendo muy distinto para la cacería. Algo menos formal a lo que estaba acostumbrada al verlo. Los colores eran más sobrios, entre verde y beige. En el frac el verde, y sus pantalones en beige. Llegaba una chaqueta de gamuza negra y sus botas altas. A ella le quitó el aliento verlo caminando hacia la entrada de la residencia. Parecía un caballero como los que había visto en Londres, muy emperejilado y a la moda.

Se apresuró para regresar a la casa. En su apuro encontró un espejo y se dispuso a arreglarse los bucles que estaban perfectos y alisarse la falda que no tenía una sola arruga. Se mordió los labios en varias ocasiones para que parecieran más rojos y menos pálidos, al igual que se pinchó las mejillas para adquirir un color distinto al blanco fantasmal.

Cuando se acercó al salón, escuchó las risotadas de Lornell al ver a su amigo el doctor, presto para la cacería.

—¡Ofelia, envía una invitación para Lord Cavendish y manda para buscar a Maxwell, hoy estamos de cacería! —expresó contento Lornell, golpeando el hombro de Edward que colocó una sonrisa genuina en su rostro por el recibimiento.

Aquella sonrisa se esfumó cuando vio a Olive. De nuevo parecía cohibido y su pecho expresaba sobresalto con latidos muy acelerados. ¿Hasta qué punto le asustaba ver a una muchacha como ella? ¿Qué efecto tenía en su ser saber que aquella lo tenía en el más alto de los conceptos?

—Eso haré, siéntase en su casa, doctor Flecher. Pensándolo mejor, enviaré por lord Cavendish y... ¡Olive, tú irás por Maxwell a casa de Charlotte! —ordenó su hermana.

—Lo haré... Bienvenido, doctor Flecher. —saludó con una reverencia.

—Gracias, señorita Olive —replicó de la misma forma.

Capítulo 27

—Ve, Olive. Es probable que Charlotte también quiera saludar al doctor. Ofelia se encargará de usted mientras yo me preparo para la cacería. ¿Ha traído su arma, doctor Flecher? —preguntó, Lornell, efusivo. Su voz retumbaba en su residencia por la alegría que le daba cazar en grupo.

—Sí, he adquirido una nueva en América —contó.

—Deseo verla. Debe ser una joya. Espéreme, queda en su casa.

Margaret se había escapado de su niñera y se acercó para observar el alboroto que hizo su padre. Odei la siguió desde que la vio solitaria para cuidarla y se quedó tan solo unos segundos parada para saludarlo con una reverencia y regresar al rincón en donde se encontraba porque su sobrina ya había encontrado a su madre.

—Margaret cariño mío... —dijo Ofelia con dulzura—. Olive, no dejes solo a nuestro invitado en lo que le digo al lacayo lo que debe hacer y me ocupo de regañar a la niñera.

—Sí, Ofelia —Ella estaba encantada con esa idea, mientras él no parecía encontrarse en un lugar seguro—. Por favor, doctor Flecher, pase al salón a sentarse. ¿Le sirvo brandi o le doy un poco del tabaco de mi padre?

—Gracias, señorita Olive, pero la bebida junto con las armas dudo que sean una excelente combinación.

—¿Y qué me dice del tabaco? Mi padre dice que es de lo mejor, pero no puedo decir que sea de esa manera, apesta terriblemente cada vez que se lo lleva a la boca y luego me da un beso en la mejilla. Evita hacerlo por mí, pero es un hábito que no puede dejar.

—Se lo aceptaré.

—¿No lo hace con el ánimo de asustarme?

—No. Es un vicio también mío en ocasiones.

Ella imaginó que él le echaba el humo en la cara para alejarla como si fuera una abeja. Rio por aquel pensamiento insensato.

—¿Cómo está lord Cavendish? ¿Lo volvió a ver después de su primera visita?

—Le puedo decir que es el dinero que me gané de manera más tonta. Su abuela pudo darle un té y no gastar por la atención.

—Dudo que aquella señora, al igual que cualquier persona fuera adivina para saber la gravedad de una dolencia. Recuerdo que Ofelia me contaba las perturbadoras anécdotas que en ocasiones vivía junto a nuestro padre. Hay veces en que ser la predilecta tiene sus desventajas.

—Tiene razón. No deberíamos menospreciar a una enfermedad. Cuando uno lleva muchos años en la medicina se da cuenta de que en ocasiones uno se siente como Dios. Se pierde la humildad y la empatía...

—Usted no puede hablar de haber perdido eso, le sobra humildad y empatía. Deseo que me traiga un pato —pidió cambiando de tema, a la vez que se acercaba a una caja donde estaba el tabaco de Lornell—. Me gusta mucho poder cocinar una buena sopa y quiero que pruebe que poseo un talento más en la cocina.

—Es muy amable ofrecimiento de su parte, pero no pretendo quedarme más tiempo del necesario. Le puedo conseguir un pato sin dudas.

—Está bien. Se lo pediré a lord Cavendish. El pato que usted me traiga se lo daré de comer a él, en su honor y lo recordaremos con simpatía.

Edward sintió que aquellas palabras fueron con malicia para nada sutil. No deseaba los malos hábitos de la petulancia aristocrática que con mucho esfuerzo pudo desplazar de su vida para convertirse en lo que era.

—También puedo desplumarlo para usted, señorita Olive —contrarrestó.

—No suponía que en algún momento se volvería un tanto cínico, doctor Flecher, pero aprecio mucho su sinceridad en la actitud celosa que tiene por mí. Sé lo que son los celos, los he vivido por las atenciones del señor Horstman y al hablar con la verdad sobre mis sentimientos es que conseguí una gran tajada de su cariño.

Él se apretó ambos ojos y luego recostó la cabeza en esa mano que intentaba relajar sus pensamientos.

—Iré para buscar a Maxwell, no quisiera apabullarle con mi presencia por más tiempo. Le comento que estuve espiando durante todo el día el campo. Lloverá y no podrá regresar a su casa.

Ella se retiró con lentitud y sonrió después de mirar por encima de su hombro para fijarse en el rostro que colocó el hombre al verla salir. Distinguió que alzó la mirada.

Edward la apreció mientras se iba.

Odiaba haber provocado a la lengua de aquella muchacha que, sin duda, le había dejado sin muchas opciones, incluyendo la falta de defensa cuando iba a protestar y por supuesto a afirmar que los celos eran algo ridículo. No sentía celos de Gerard Cavendish, no era aquello lo que quiso dar a entender.

Olive no fue caminando a casa de Charlotte, sino que subió al lomo de un caballo y apuró a su montura para buscarlo a Maxwell.

Estaba extasiada pensando en que tenía tan solo un día con la negatividad del doctor Flecher para conquistar su voluntad, porque su corazón se estaba poniendo un poco difícil.

Dejó su caballo en un árbol cercano a la casa de Charlotte. Caminó hacia la casa por la parte trasera, sin embargo, sus ojos no dieron crédito a lo que veía. Charlotte y Maxwell corrían por el jardín, jugando. Cuando aquel atrapó a Charlotte la acercó a su figura y ella colocó sus manos en el pecho de él con el ademán de alejarlo, mas él no lo hizo, le sostuvo la mirada hasta que Charlotte, colorada, se dio cuenta de que no estaban solos.

La mirada escrutadora de Olive no los soltaba. Maxwell fue el último en darse cuenta de que ella los estaba mirando. Él no se había inmutado, pero Charlotte sí se avergonzó y se alejó de él para acercarse a ella con la cabeza agachada.

—Buen día, Olive —saludó.

—Sin duda tienes un mejor día que yo, Charlotte —confesó sonriente, pues ella no viviría aquel tipo de jugueteo con el doctor Flecher.

—Maxwell estaba intentando hacerme reír...

—Ya lo he notado. Maxwell, mi padre te ha mandado llamar para la cacería al igual que a lord Cavendish. El doctor Flecher ha decidido honrarnos con su presencia —comentó.

—Estaré gustoso de conversar con el doctor Flecher. ¿Nos acompañarías, Charlotte?

La muchacha pareció pensarlo y miró a Olive.

—¿Qué haría sola si todos los caballeros estarán de caza? —preguntó Olive con un mohín para que Charlotte aceptara sin titubear.

—Te haré compañía, podríamos montar o pintar...

Los tres partieron a Blury House para que Maxwell se uniera. Él llevaba el caballo mientras caminaba junto a ellas y estaba ajeno a la conversación femenina que ambas tenían mientras iban.

Al momento que entraron a la residencia, Gerard Cavendish estaba vestido también para la cacería, con su arma a un costado suyo. Se apresuró a pararse cuando notó la entrada de su musa y los demás.

—Buen día, señorita Olive. —saludó. Caminó hasta ella y se quedó preso de su mirada.

—Ha mejorado, lord Cavendish. Se le ve saludable.

—Ridículamente saludable, señorita Olive. Sin sacar mérito al té del doctor Flecher, sin vacilación lo que me ha levantado de la cama fue este precioso pañuelo —dijo enseñándole aquello a Olive.

—Me siento halagada por haber sido yo quien obrara de manera correcta contra su resfrío. —añadió ella, sonriente.

—No iba a morirse, lord Cavendish, en definitiva se hubiese curado solo, sin mi té y sin el pañuelo de la señorita —mencionó Edward con petulancia.

Aún ante aquel comentario, Gerard continuó sonriente al igual que Olive. Cualquiera dentro de aquel recinto podría decir que eran una pareja ideal. Ambos tan jóvenes, inteligentes y muy testarudos.

—Lord Cavendish, tiene que cazar algo para mí —mandó, pilla.

—Mi familia alaba mi buena puntería, soy capaz de cazar una libélula con el arma.

Maxwell lo creía exageradamente poco humilde y Edward no se quedaba atrás pensando en lo inverosímil de su destreza. Él sí era un excelente tirador en cualquier cacería. Tuvo instructores de primera desde su nacimiento.

—Estaré esperando por mi ave —declaró amistosa.

Después de una hora los caballeros partieron con las armas y el perro los guiaba ansioso hacia donde las aves tenían su paraíso.

—He aquí, caballeros, donde empieza la diversión —anunció Lornell.

Los cuatro observaron la laguna de la propiedad. Los patos y otras aves gozaban de un ambiente pacífico que pronto sería interrumpido por el sonido del cañón de sus armas.

—Doctor Flecher, no quise ofenderlo con mi comentario. Admito que deseaba congraciarme con la dama. Olive Weatherly no puede solo preocuparse por mí por ser una vecina amable. ¿Dónde conseguiría otra afortunada oportunidad de tener a alguien tan hermosa y divertida como ella para mi esposa? Además, mi familia espera que me case con alguien de esa familia. Supongo que William no pudo superar el rechazo de la señora Ofelia y comprendo sus sentimientos y frustraciones. Perder a damas tan bellas no es motivo de orgullo. Un Cavendish no se rinde.

—¿No le parece una niña caprichosa y manipuladora? Conozco a la señorita Olive desde que era una pequeña criatura enferma. Últimamente ha cambiado y se ha vuelto indiscreta y ambiciosa en sus proyectos.

—Lo único que ella no es, es una niña. Encantado caería en cualquier manipulación o capricho. A mí me puede decir cuánta indiscreción sepa y apoyaría cualquier proyecto que tuviera entre sus finas manos. Al menos sé que para mal no serán.

—Ha sido cegado por ella —afirmó Edward con molestia.

—¿Y de qué sirven mis ojos si no voy a usarlos para algo que me fascine? Puedo ser joven y tal vez hasta inexperto en cuestiones del corazón, no obstante, soy un oportunista.

Después de decir aquello, Gerard Cavendish disparó su arma contra una de las aves que deseaba Olive.

Capítulo 28

Edward se asustó del disparo certero que dio el joven. Resultó no ser simplemente boca floja, sino que en realidad tenía buenas habilidades. El perro se apresuró a buscar al animal que yacía muerto muy cerca de la orilla de la laguna.

—Disculpe, doctor Flecher. Me distraje de nuestra conversación... —refirió Gerard con una mueca simpática.

Él no sabía si quería o no continuar con el asunto de Olive.

No tenía sentido darle vueltas a aquello si él no estaba interesado en la muchacha.

—Excelente tiro. Todavía tengo el corazón en la boca, milord —dijo Edward.

—Gracias. No puedo fallar si hay una dama esperando por el ave.

—¡Un buen tiro, milord! —halagó Lornell desde la lejanía, viendo que su perro se acercaba con la presa—. No podemos quedarnos atrás, alguien de Londres no puede aventajarnos en nuestras tierras.

Lornell disfrutaba del ambiente de camaradería que se formó entre sus invitados. Su sobrino, su amigo y el prospecto a esposo para Olive, le mantenían de muy buen humor.

En determinado momento, la lucha entre ser el mejor tirador había quedado entre Maxwell y Gerard. Edward no tenía mucho ánimo puesto en una competencia, de hecho, no quería quedar en ridículo con su excelente arma. Había fallado los últimos tres tiros y desconocía la razón de eso. En cambio, Cavendish le había dado a todos: patos y faisanes.

—Lord Cavendish es insaciable. —comentó Lornell que se sentó junto a Edward en el tronco de un árbol.

—Y el joven Maxwell no se queda atrás.

—Debe ser una competencia dura por contarle a Olive quien ha cazado más. Supongo que ambos buscan congraciarse y conseguir la aprobación de ella. Aunque sabemos que Maxwell quizá tan solo lo haga por honor.

—¿Qué opina de Cavendish? —interpeló Edward al canoso Lornell.

—Es exactamente lo que necesita Olive. Ella no ha nacido para ser una muchacha del campo. Debe ser una gran dama. Este joven podrá llevarla a Londres y a recorrer el mundo. La juventud que tienen es un gran aliciente para muchos años de felicidad. No encuentro un partido mejor para mi amada Olive, que un noble como él en todo Derbyshire.

—Entonces cuenta con su aprobación. En cierto instante llegué a pensar en lo impropio de que aquel joven enfermara por alzar a la señorita Olive en su caballo.

—Doctor Flecher, se ha vuelto tan anticuado como yo. No se puede esperar algo moderno de nuestra parte. Me molesté, pero eso se me ha quitado al conocer más íntimamente al joven. Además, noto a Olive tan entusiasmada que no puedo más que consentirla en cualquier emprendimiento.

Después de memorizar aquella opinión que Lornell tenía sobre Cavendish y la que sin querer le había dado a él, haciéndole entender que era un poco viejo al llamarlo anticuado.

Era evidente la gran diferencia de edad que le llevaba a Olive. Ella no barajaba esa situación cuando lo invitaba a caer en sus encantos. No solo se estaba ilusionando con él, sino que quizá también lo ilusionó. Le quedaban motivos de sobra para continuar alejándose de ella y evitar terminar en una pésima encrucijada por los caprichos de ella. Él tenía mucho que perder si aquella lograba su cometido de enamorarlo en contra de su propia voluntad. Era tan incorrecto que le producía temor perder lo que había conseguido en aquellos años por no seguir con el camino que se trazó. La soltería era el mejor camino para un médico con sus secretos.

Olive y Charlotte se encontraban en el jardín, pintando. Olive no lograba concentrarse con los disparos que hacían eco en la propiedad.

—Estoy aburrida. ¿Por qué ellos pueden ser felices en su cacería y nosotras debemos quedarnos aquí a intentar pintar un paisaje? —preguntó Olive, enfurruñada.

—Yo me siento muy bien pintando aquí. —replicó Charlotte con su delantal lleno de pintura.

—Podríamos estar discutiendo y jugando con ellos...

—Olive, déjame persuadirte de tus deseos. El doctor Flecher está aquí, pero quien te va a acaparar será lord Cavendish. Según me contaste, el pañuelo lo ha tomado hasta como medicina. Me arrepentiré toda la vida si no te casas con él.

—Temo hacer algunas cosas de las cuales me arrepentiré como es ser amable con él. He notado que el doctor Flecher cela mucho de su persona. Me agrada lord Cavendish, y si no puedo casarme con el doctor, pues me casaré con él, resignada a que no obtendré a quien deseo.

—Por favor, te pido que recapacites. ¿Por qué seguir albergando esperanzas por alguien que no te amará como deseas sino que te apreciará siempre por ser una niña excepcional? Lord Cavendish te dará su dinero, sus casas y su atención. ¿Hay mucho que pensar, siendo nuestro único objetivo casarnos con un buen partido?

—Si alguien distinto a Maxwell, a quien tú adoras de sobremanera te pide ser su esposa, ¿te casarías, Charlotte?

—Sí. Si noto que Maxwell nunca me amará, sin dudas que buscaré a alguien que me aprecie. Será un dolor casi insoportable, pero un dolor mayor es ser soltera sin la vocación necesaria para ello. —razonó Charlotte.

—Es lo mismo que pienso. Que queden solteras quienes tienen esa vocación —rio volviendo a coger su pincel para continuar con su aburrida pintura.

El cielo se cubrió de nubes grises amenazantes. La caza tuvo que apresurarse y los caballeros retornaron antes a la residencia por el cuidado que debían prestarle al recién recuperado lord Cavendish.

Edward parecía tranquilo al estar un poco solitario y rezagado del resto, mas la cercanía de Maxwell que dejó su caminata junto a su tío y a Gerard le colocó en alerta.

—Quería hablar con usted desde que estuvimos en Chatsworth House —mencionó Maxwell.

—¿De qué deseaba hablar, Maxwell?

—De lo que dijo la anciana...

Edward dejó de caminar y enfrentó a Maxwell con la mirada.

—Las personas de su edad suelen decir muchas cosas sin sentido —se excusó.

—La razón por la que nadie en Londres conoce al doctor Flecher es porque no existe tal persona, ¿no es así? No soy alguien que juzgue por el simple hecho de una maldad, sino porque deseo saber la verdad. El duque de Chumberland es tan cercano a la misma realeza que desconozco los motivos de que oculte su verdadera identidad.

—Sería hasta absurdo seguir negando lo que sabe por haber escuchado una conversación ajena. Le diré la verdad y espero que sepa juzgar con sabiduría mis actos. Sí, mi nombre es Edward y soy el duque de Chumberland. Las razones que me obligan a cambiarme el nombre son muchas. Las más importantes son que deseo alejarme de mi familia, evitar que me hostiguen pidiéndome favores para congraciarse con la realeza y por sobre todo vivir la profesión que deseo. Puede culparme de mentiroso, pero no de dejar de cumplir mis sueños. Ser un noble no es mi prioridad, sino ayudar al prójimo. Es la mejor forma que encontré de devolver el privilegio que tuve desde mi nacimiento y no pedí.

—No lo juzgaría, tan solo me preocupa Olive.

—Lord Cavendish es una excelente elección, alguien que habla con la verdad. Comprende las razones que tengo para alejarme de ella. Si la quiere, ayúdela a que no piense por solo un capricho a creer que debo ser lo que necesita. Mi vida tiene secretos que no estoy dispuesto a revelar. Si alguien más lo sabe, deberé irme de Derbyshire para siempre y empezar una nueva vida. Le ruego su silencio, Maxwell. No le hago daño a nadie, sino que cumplo con mi vocación.

—Por mí nadie lo sabrá, pero sepa que mi tío, si lo sabe, no será generoso con usted. Sobre Olive no puedo prometerle nada. Depende de usted no ser encantado y embrujado por ella.

Edward rio ante aquella advertencia del joven. No quería ser la tercera víctima de la encantadora Olive. Sería trágico tener que rogarle amor siendo que él la había rechazado hasta el cansancio.

Cuando las primeras gotas de lluvia comenzaron a caer llegaron a la residencia. Ofelia había preparado mucho té y galletas para recibirlos. En la cocina habían dejado el fruto de la cacería.

—Mañana continuaremos. Doctor Flecher, usted se quedará hospedado en nuestra casa, al igual que lord Cavendish. Cenaremos lo que hemos cazado —declaró Lornell que agarró de la cintura a Ofelia para que se sentara.

—Con gusto aceptaré su invitación, señor Horstman. No quisiera volver a enfermar. Ha sido incómodo para un joven inquieto permanecer en cama por varios días, bebiendo de cierta forma un insípido té, muy distinto a uno que se comparte con familiares o amigos. —comentó Gerard.

Olive y Charlotte que dejaron sus delantales llenos de pintura en el cuarto de arte, se acercaron para recibir a los recién llegados.

—Padre, afuera hay un diluvio —exageró Olive, graciosa—. Considero que todos deberán quedarse a dormir. Charlotte también porque no regresará de esta forma a su casa.

—Es lo que había mencionado él minutos antes de que entraras, querida. —dijo Ofelia.

A Olive pareció que se le abrió el cielo con aquella noticia. Era su oportunidad de darle un beso al doctor Flecher y no la desperdiciaría, aunque miró hacia Gerard y sabía que no se lo iba a poder quitar de encima con facilidad.

Se complicaba la situación teniendo a dos hombres que indiferentes no eran, aunque esa noche debía conseguir la atención completa del hombre que amaba.

Capítulo 29

ebieron el té en un gran grupo. Conversaron de la cacería y Edward sintió que había sido ridiculizado por los números de Gerard. Teniendo tanta habilidad con el arma y llevándole la ventaja al joven con la experiencia y la edad, no pudo superar la concentración de aquel que deseaba con casi una demencia absoluta, la aprobación de Olive.

No pudo entrar a una competencia con Gerard por la atención de Olive. Él la tenía de una manera indeseada en cambio el otro quería estar en su lugar.

Para cuando la cena se terminó de servir, pasaron a fumar y a beber entre los caballeros. Maxwell era el único que las había dejado para estar más cerca de Charlotte. Aquella aún continuaba reacia a tratarlo como antes. Estaba al borde de perder la cordura para encontrar la forma correcta de proponerle matrimonio y no salir rechazado en su intento.

Ofelia le quitó a Olive la copa de vino de su mano, pues consideraba suficiente lo que había bebido.

—Olive querida, considero que bebiste demasiado en la comida y que ahora no estás moderando tus tragos. ¿Deseas dejar la imagen de ser una bebedora ante los caballeros que están presentes? —increpó su hermana.

—Han sido pocas y de hecho, Lord Cavendish conoce se mis gustos con el vino. El único que no lo hace es el doctor Flecher.

—Y tampoco querrás que lo sepa. —comentó Charlotte.

—¿Acaso he acusado a alguien de ellos por beberse más de una botella de brandi y fumarse la caja completa que estaba en la mesita? Ellos no desean mejorar la imagen de sus vicios frente a nosotras.

—Siento decirlo, pero no le quito razón a Olive —intervino Maxwell con su copa de brandi en la mano.

—¿Por qué mejor no ejecutas el piano Olive? Llamarás la atención de esa forma —sugirió Charlotte, cómplice.

—Es lo que haré...

Ella se levantó de su asiento y se acercó al piano. Levantó se sentó en el banco y levantó la tapa. Inició con una pieza que invitaba a bailar.

Maxwell colocó su mano para que Charlotte, aceptara bailar junto a él.

El corazón de ella parecía salir de su pecho. Se puso colorada, pero aun así, aceptó bailar en aquel salón.

Olive notó que Maxwell y Charlotte bailaban.

Le imprimió mayor emoción a sus notas para que verdaderamente lo disfrutaran.

Lornell, Gerard y Edward prefirieron observar a los danzantes.

Gerard se acercó al piano para halagar a Olive.

—El día que la escuché por primera vez, supe de su incuestionable talento y belleza, pero prefiero que usted esté bailando tan animada como su amiga Charlotte.

—Si yo dejo de tocar, ellos dejarán de bailar, lord Cavendish y usted no me podrá apreciar ni bailando y ni tocando.

—¡Oh, sí! ¡Qué tonto soy! —expresó juguetón.

Lornell se desapareció por un instante para luego volver con la señorita Dunbar. Él no podía desperdiciar la oportunidad de que Olive bailara junto a Gerard por estar tocando aquel piano.

Edward mientras tanto, observaba las sonrisas que compartían Olive y Gerard.

Era casi insoportable para sus ojos la coquetería con que el enamorado Cavendish se arrojaba ante ella. Pero aquella tampoco hacía siquiera un esfuerzo por librarse de él. Lo consentía con su mirada, con su atención y en aquel instante en que paró el piano, también lo haría con un baile.

Cuando los vio bailar, sintió un golpe en el brazo por parte de Lornell que lo invitaba con el ejemplo a aplaudir al ritmo de los sonidos que emitía el piano dirigido por la señorita Dunbar.

Él quedó relegado a ser un observador como Lornell y Ofelia, pero eso no duró demasiado. Ofelia agarró la mano de su esposo y también lo llevó a danzar. Pese a su edad y el problema de movilidad en la pierna de Lornell, él lo hacía con la gracia de un joven conquistador.

Estaba sobrando en aquel mundo de felicidad que los envolvía. Él parecía una criatura sin estímulo en la vida, sirviendo solo para observar cómo los demás vivían su vida olvidándose de él.

El alivio regresó a él cuando quedaron cansados de bailar sus acompañantes, pero en ese ínterin él se había bebido más de cinco copas de brandi y fumado más tabaco del recomendado por él mismo.

—Doctor Flecher, siento que no hayamos abastecido en parejas —se disculpó Gerard, sentándose a su lado, cansado, pero feliz.

—No se preocupe, no soy asiduo a bailar.

—Se ha perdido de algo en exceso divertido.

—Siempre se necesita de un espectador, milord, no se sienta culpable por mi soledad, es una costumbre. De hecho, deseo irme a la cama temprano para que la cacería sea mejor mañana.

—Lo veo mañana entonces... —se despidió el joven.

Edward le reverenció y miró al resto de los que estaban recuperando el aliento.

—Deberé retirarme a descansar, mañana espero tener un mejor día en la cacería. —dijo mirando al grupo.

Le desearon buena suerte y lo vieron subir las escaleras hacia el cuarto de invitados. Después de unos momentos, un sonoro bostezo fingido, escapó de Olive.

—También me retiraré a dormir, ¿vienes conmigo, Charlotte?

—Yo... En un momento... —respondió la muchacha observando a Maxwell que le hizo una señal negativa con la cabeza.

—Que duermas bien, Olive —le deseó su hermana.

—No se desvelen, ni desvelen a lord Cavendish, que todavía sigue un poco convaleciente.

—Estaré en brazos de Morfeo muy pronto, señorita Olive, solo me quedo porque me agrada conversar de caballos...

Ella los reverenció y se retiró.

Después de que nadie pudo verla, se apresuró a colocarse frente a la puerta de la habitación que le correspondía a Edward. Agarró un pañuelo que tenía guardado entre el pecho y se secó la frente, después se alisó la falda antes de golpear la puerta con tranquilidad.

Edward se había quitado su pañuelo y el frac. Su camisa todavía seguía puesta. Pensó que debía ser una doncella que le llevaba agua para la jofaina.

Cuando abrió la puerta, la figura sonriente de Olive lo sorprendió hasta el punto de que se quedó inmóvil y ella aprovechó para entrar y cerrar la puerta a su espada. Recostó su figura por la madera y continuó sonriente.

Una vez que él recuperó la compostura, se alejó de ella.

—Lamento no haber danzado con usted. —se disculpó Olive.

—No tiene razones para lamentarse. Lord Cavendish parece ser hasta un danzarín lleno de gracia. Si es todo lo que venía a decir, puede retirarse, es impropio que esté en mi habitación.

—¿Piensa que he reemplazado mi afecto por usted con lord Cavendish?

—Retírese, señorita Olive, se lo pido. —insistió dejando ir el aire de sus pulmones.

Ella se acercó y se quedó parada frente a él. Colocó sus manos en el pecho de Edward sin dejar de mirarlo a los ojos.

Él perdió el aliento y la agarró de ambos brazos para mantenerla lejos.

—¿Seguirá negando que he logrado penetrar sus barreras? ¿Es que me seguirá rechazando por creerme una niña? Míreme bien, ya no lo soy. Soy una mujer que quiere ser su esposa. —dijo mientras sus manos subían por el rostro de él.

Él soltó los brazos de ella y apretó sus ojos con nerviosismo.

—Está equivocada, señorita Olive. No pensé que sería caprichosa alguna vez. Comprenda, no soy alguien para usted.

—Pero sí lo es lord Cavendish y yo lo sé. Lo aman, lo adoran... Pero yo lo amo a usted. Al fin y al cabo, soy yo quien debe amar y adorar a la persona con quien desee estar.

Olive lo obligó a bajar la cabeza a la altura de la suya y rozó su nariz contra la de él, sin dejar de acariciar su rostro. Él cogió a la muchacha de sus mejillas para que dejara de hacer aquello, pero no la alejó de su rostro. Estaban pegados, observándose. Ella lo tomó desprevenido y con lentitud pegó sus labios a los de él una y otra vez, mientras aquel no podía moverse. Su mente se negaba a responder, pero algo dentro de él le exigía a gritos que lo hiciera.

La asió de la nuca y la pegó con dureza a su boca. Aquel parecía un vaso con agua para un moribundo en el desierto. Se apresuró a devorar por completo aquellos tiernos labios que lo acecharon hasta conseguir su respuesta. Una mano continuaba en la nuca de él, sin embargo, la otra bajó a la cintura de Olive y la acarició sin disimulo. Sentía correr la sangre por todo su cuerpo después de caer en las insinuaciones de la muchacha. Aquel incitante juego prohibido había tomado a su víctima que no era ella, sino él.

Olive se colgó de su cuello, deseando ser engullida por el deseo que despertó en él.

Repentinamente, Edward se alejó de ella y negó con la cabeza.

—Es un error, ¡es un maldito error! —gruñó tapando su rostro con ambas manos para luego estirarlo.

—No es un error, es amor —se apresuró a decir Olive, que lo agarró de la mano, pero él se soltó con violencia.

—No desistió de la idea de someter mi voluntad a sus caprichos. ¡Lo ha logrado! Su tierna edad y su poca inteligencia no le dan un poco de raciocinio para darse cuenta de lo incorrecto de la situación.

—¿¡Qué es lo incorrecto!? ¡No lo comprendo! —discutió molesta por hablar de una falta de inteligencia suya.

—Yo no soy lo que usted desea, nunca lo seré. Por Dios, no destruya mi vida. Hará trizas mi esfuerzo. Le ruego que no apele a mi corazón porque siempre seguiré a mi razón.

—¿Entonces por qué me beso de esa forma? ¿Por qué hizo que mi corazón fuera tan feliz para relegarlo a la miseria de un rechazo indigno?

—No lo sé. La situación... Que... Soy un hombre, señorita Olive y usted...

—Soy una mujer, por eso me besó. Quiero que me diga, ¿quién realmente desea que se vaya de aquí, lord Cavendish o yo? No puede ocultar sus celos. He visto cuando me mira y cómo me mira. Odia a lord Cavendish...

—No lo odio, pero tampoco lo aprecio. ¿Cómo puede montar en un solo caballo a su lado?

—¡Él apareció para invitarme y solo me dijo que me subiera porque iba a llover y llegaríamos más rápido! —se excusó—. Ha sido amable y noble. No tema por mi afecto porque le pertenece.

—¡Dios mío, señorita Olive, cállese! —Mandó—. Usted es libre, pero no deseo su mal, por favor cuídese y cuide su reputación.

Olive tenía la boca en una curva hacia abajo, deseaba llorar por cómo le hablaba.

—Tanto me desprecia. Soy adecuada para usted. Soy hija de un médico, sé lo que me espera. Piense en mí.

—¡Eso hago todos los miserables días de mi vida desde que usted dice con orgullo que es una mujer! —exclamó haciendo que ella retrocediera unos pasos por la sorpresa—. No es su culpa, soy yo quien no comprende lo que ocurre en su interior y por eso le pido que no insista. Es imposible un sentimiento como el amor entre nosotros.

Capítulo 30

—No comprendo sus razones para rechazarme... —se excusó queriendo acercarse a él.

—No soy una buena persona, señorita Olive. Que sea un médico no me convierte en alguien ejemplar y ajeno a las mentiras del mundo. Soy alguien egoísta y preocupado por sí mismo. Sería incapaz de preocuparme por una esposa. Es tan sencillo, todo era así hasta que hizo estragos en nuestra vida, porque eso es lo que causó con su actitud de confesarme sus sentimientos.

—Cualquiera se sentiría halagado si alguien se lo dijera con tanto aprecio y comprensión como lo hice yo. No busco que me atienda, yo busco atenderlo.

—Ese cualquiera no soy yo. No importa si doblegó mi voluntad, todavía tengo mi razón que me sostendrá y mi egoísmo que me hará un camino.

—¿Entonces quiere que olvide mis sentimientos y renuncie a usted por su paz? —sopesó con la mirada triste y confundida.

—En efecto. Es lo mejor para usted y para mí.

Ella después de adoptar una actitud de resignación, montó una sonrisa en su cara y se acercó a él otra vez.

—No, porque usted habló de nosotros, dijo que doblegué su voluntad, pero que aún tiene su razón. Me parece, por todo lo que oí, que usted ya perdió su razón antes de que lograra doblegar su voluntad. Yo estaré a su lado, amándolo en su egoísmo si es lo que piensa. Comprendo su situación...

Edward se distanció de ella y volvió a agarrarse del rostro, para luego sentarse en la cama de dosel y cortinas.

—No es lo que espero de usted. Me obligará a irme de Derbyshire si continúa con este capricho. No está siquiera cerca de comprender mis razones o mi situación. —lamentó, cansado.

—Si no me dice sus verdaderas razones, lo ignoraré por siempre o daré por hecho que lo sé —dijo arrodillándose ante él para tomar aquellas manos que tapaban el rostro de él entre las suyas—. Puedo parecer insensata, pero solo sigo a mi corazón. Siga al suyo, escúchelo. Sepa que lo amaré hasta en sus peores momentos.

—No es tan sencillo. Estaría encantado de ser tan simple como lo que piensa.

—Depende de usted ser simple. Mientras más cargas posea, sus complejos serán mayores. Quiero una familia como la de mi hermana y sé que aunque usted lo niegue, sería feliz en una igual.

Después de decir aquello, levantó su cabeza hacia la de él y lo agarró del cuello para atraerlo a sus labios y consolarlo. Pese a su inicial resistencia, cedió besándola con suavidad. Deseaba suspirar sobre aquellos capullos de algodón que eran esos labios. Olive era tan dulcemente irresistible e inocente. Aunque seguía luchando contra ella y su propio parecer cedió a las caricias y los besos que ella le ofrecía.

Su vida no volvería a ser igual después de probar aquellos labios. Su lucha interior iniciaba cuando ella pensaba que había tocado el cielo con las manos.

—Mi querido doctor Flecher, me hace la mujer más feliz del mundo. Sus besos han sido como la mermelada más dulce que se puede probar. Lo esperaré mañana para que cabalguemos juntos. —se despidió, levantándose del suelo.

—Yo no...

—En vano lucha contra su corazón.

—No, en vano lucho contra usted...

Ella rio y le hizo una reverencia antes de irse. Él cerró sus ojos con fuerza y se arrepintió de haberse dejado llevar por ella y por los deseos de su mente. Estaba en la encrucijada más grande de todas. Conservar su identidad era algo demasiado importante para él y Olive representaba una fuerte amenaza para su tranquilidad. No podía perder su buen juicio por unos besos por más delicados y jubilosos que le hubieran resultado.

Él no pudo dormir al igual que Olive. En sus habitaciones cada uno vivía de manera diferente su encuentro. Olive había construido una vida en su imaginación, mientras Edward daba por perdida la suya. Sus años de independencia, sus estudios y su secreto podrían escapar de sus manos si llegaba a caer terriblemente enamorado de Olive.

No estaba tan lejos como antes de notarla como lo que era, una mujer. Al acariciar su cintura, supo que era apta para considerarse una gran tentación. Lo más preocupante de su situación era que ella le aseguró con firmeza que le pertenecía y que lord Cavendish era alguien conveniente. Ambos sabían que era la mejor elección, pero ella no parecía comprenderlo y él no deseaba aceptarlo, ¿la razón? Era probable que enloqueciera de deseos por ella.

Por la mañana él bajó con unas ojeras que alcanzaban sus pómulos. Estaba somnoliento y el sonido de los hijos pequeños de Lornell no ayudaba a que estuviera mejor. El tabaco y tanto brandi, además de la impresión que se había llevado con Olive era suficiente para mantenerlo en aquel estado.

—Doctor Flecher, ¿no le ha resultado cómoda la habitación? —curioseó Ofelia al verlo tan desmejorado.

—Al contrario, ha sido de lo más confortable, Ofelia. Sin embargo, no se me dio contar ovejas.

—Oh, lo siento. ¿Alcanzará a Lornell y al resto en las caballerizas? Han decidido partir a caballo. Dicen que las perdices se han alejado.

—Sí, los alcanzaré ahí en un momento.

Después que bebió un poco de té y comió unos panes recién hechos, partió rumbo a las caballerizas. En aquel sitio estaban los caballeros y dos damas a las que reconoció como Olive y Charlotte.

Charlotte iba a subir sobre el caballo que Maxwell se aseguraba de estar bien sujeto a la montura. Olive estaba sobre el lomo de otro equino y Gerard Cavendish, cuyo rostro al despertar parecía esculpido por los propios dioses a diferencia de él, brillaba por su buen ánimo.

Olive sonrió al verlo llegar junto a ellos.

—Buen día... —saludó, agarrando las riendas de un caballo que le entregó el palafrenero.

—¿Se encuentra usted bien, doctor Flecher? —preguntó Lornell, sorprendido por verlo de aquella forma.

—Quizá no acostumbro a beber demasiado... —se justificó.

Charlotte abrió los ojos acusando a Olive de lo que ocurría.

Aún no tuvieron tiempo para contarse sus últimos cotilleos.

Partieron hacia donde los empleados dijeron que las perdices se habían mudado.

Edward dormitaba sobre el caballo mientras el resto charlaba sin parar. Gerard no había dejado respirar a Olive que intentó con amabilidad librarse de él. Sin embargo, estaba más pegada a ella que la humedad a un ladrillo.

Ella deseaba saber qué le ocurría para verse tan fatal. No quería tampoco hacerse pasar por tonta, pues suponía que los males de aquel tenían su nombre estampado como una firma.

Para cuando llegaron al sitio indicado, desenfundaron sus armas y otra vez Gerard Cavendish se llevó los aplausos por parte de las damas presentes. Olive notó el trato preferencial que mantenía con el joven invitado. Además de que cualquier asunto del que conversaran ambos le preguntaban su opinión, como si fuera muy importante lo que diría.

Edward confirmó que no podía cazar con los ojos de Olive clavados en su nuca.

—Siento tener que dejarlos, pero el cansancio me ha vencido. Regresaré a la residencia para descansar... —informó con su arma en la espalda para subir al caballo.

—Aún no envejece, doctor Flecher, para tener los achaques de la edad —acusó Gerard con simpatía.

Aquel comentario causó risa en el resto, y Olive debía admitirlo, también participó de aquel chasco.

Cuando Edward hizo un asentimiento de cabeza por el comentario, no pudo evitar girar los ojos con molestia.

Había sido ridiculizado por un jovencito conquistador, lleno de confianza y hasta con aquello último, le resultó petulante.

—Acompañaré al doctor Flecher hasta la residencia y luego regresaré. Me sentiré culpable si llegara a caer del caballo y nadie se preocupa por él. —mencionó apresurada Olive.

—Es cierto. Ha dedicado su tiempo a cuidar de la familia. Acompáñalo y regresa junto a nosotros... —instó Lornell bajando su arma por un momento.

—Si desea los acompañaré, señorita Olive —se ofreció Gerard, amable.

—Usted es el mejor cazando, no podría dejarlo sin demostrar sus habilidades. Regresaré muy pronto... —se excusó.

Subió a las prisas para alcanzar al doctor que se había retirado con lentitud. Su caballo parecía estar del mismo ánimo que él.

—¡Doctor Flecher, doctor Flecher! —lo llamó en la lejanía.

—No es posible. —murmuró al darse cuenta de que era Olive intentando alcanzarlo.

Su día no mejoraba con ella detrás de él.

Estaba empeñada en conseguir lo que deseaba.

Tener su atención era tan simple como gritar su nombre en una pradera. Quería evitar estar a sus pies, porque aquello sería pisotear su dignidad y sus esfuerzos.

—¿Qué hace, señorita Olive? Ha dejado a lord Cavendish... —alegó recordando la burla.

—¿Está enojado?

—No.

—¿En verdad? No importa, yo sé lo que ocurre. No soporta que lord Cavendish me adore, bueno, en ocasiones no es el único —añadió riendo.

—¿Maxwell tampoco lo tolera?

—Soy yo quien lo considera muy exagerado en sus formas. A veces pienso que no es del todo sincero. No sé puede ser complaciente siempre. La persona más amorosa y complaciente que conozco es Ofelia, pero también tiene mal carácter. Imagino que lord Cavendish no será muy amable cuando se enfada.

—Todos tenemos un lado que no queremos dar a conocer, señorita Olive...

—Es cierto. Acompáñeme a un lugar muy bonito de la propiedad. Cuidaré de usted. Ha hecho mucho por nuestra familia. Ahora que está desmejorado, puedo retribuir sus atenciones con la mía.

Él cambió el rostro serio por una sonrisa fugaz.

—Regresaré a la propiedad para descansar.

—¿Sabe cómo se hacen las muñecas que le he dado desde que me conoce? —increpó, segura.

—No...

—Es un arte. ¿Me acompañará para que se lo muestre?

Edward suspiró y asintió muy poco convencido de que aquel encuentro fuera beneficioso para su vida.

Si no terminaba en los brazos de ella, ella acabaría en los suyos.

Capítulo 31

Juntos comenzaron a alejarse de donde se habían cruzado sus caminos. Ella lo iba introduciendo en el interior del bosque.

Llegando a un claro, reconoció el lugar como aquel al que años atrás fue.

—¿Conoce este lugar? —curioseó Olive intentando descifrar el rostro de su acompañante.

—Es donde su hermana me trajo cuando me pidió ayuda. —respondió remontándose a aquel momento en el tiempo.

—Bajemos para que le muestre lo que le dije...

Él la ayudó a descender de su montura y se quedó otra vez perdido en la fachada de aquel humilde lugar. El rostro angelical de Ofelia pidiendo ayuda para su hermana, nunca se borraría de su mente y menos los tiernos ojos de Olive y Odei. Era tan nuevo en Derbyshire cuando aquella cayó en su puerta. La mala actitud de su madre casi hizo que no las conociera, pero él, decidido a ayudar pasó sobre cualquier impedimento que le pusieran. Aquel día comprendió que lo que él sentía no era un simple capricho, sino una vocación que necesitaba asumir.

Olive abrió la puerta y entraron al oscuro y polvoriento lugar.

—He dejado de venir en estos últimos días... —comentó Olive, monótona—. No vivimos mucho tiempo aquí, pero este lugar marcó nuestro destino. He llorado por mis padres desde que se fueron y he amado tanto al padre que nuevamente me ha dado la vida. ¿No cree usted en las casualidades?

—¿A qué casualidades se refiere?

—A que nos conocimos aquí. Yo lo recuerdo tan bien. Creía que les haría compañía a mis padres en la muerte, pero llegó usted como un ángel... —contó sin dejar de mirar la cama donde ella estuvo afiebrada y al borde de morir.

Edward la notó emocionada mientras le contaba su experiencia. Los ojos de ella estaban brillando y no sabía si era por las lágrimas o porque recordaba aquel episodio con mucho afecto. Se sintió conmovido y culpable.

—No soy un ángel, señorita Olive —la contradijo.

—¿Cómo no? Usted nos alimentó y cuidó. ¿Cómo es que eso no es ser un ángel? Teníamos pan duro para llevarnos a la boca...

—No me conoce en realidad, y lamento profundamente que me tenga en tan alta estima, porque no merezco lo que piensa y tampoco lo que siente.

—Déjeme considerar lo correcto o no. Usted me habla de que no es una buena persona, pero no veo por un segundo a alguien malvado cuando está conmigo. No hay nada que me haga cambiar de opinión sobre su persona. Construyó su reputación durante años y ninguna cosa es capaz de borrar su bondad de mi corazón ni de mis hermanas. Puede defraudar a todos, sin embargo, nunca a nosotras.

Él se acercó hasta la cama donde sobre una almohada descansaba una de las antiguas muñecas de paja de Olive y la cogió entre sus manos.

—Tengo todos sus presentes... Están por toda mi casa, y han ido conmigo por el mar. Nadie puede considerarse tan miserable y afortunado como yo. Son las muñecas más bonitas que vi y que se han convertido en el pago más valioso por mis servicios.

—Si tiene esos hermosos sentimientos y pensamientos, ¿cómo puede considerarse miserable? —increpó porque deseaba saber qué escondía. Sus palabras no eran las de un médico rural que era feliz con su vida.

—Por muchas razones que es mejor que usted ignore, aunque una no pueda ignorar. No tener los mismos sentimientos que posee por mí, ya me hacen lo suficientemente desagradecido con la vida. *Soy alguien muy egoísta...*

—Lo es. Es muy egoísta porque se niega a abrir su corazón.

—Ni si le abro mi corazón habrá esperanza entre nosotros. El señor Horstman adora a lord Cavendish. Le llevo muchos años a usted y un amor así es imposible, yo mismo me niego a sufrir por algo inútil. No deseo que me destruyan los sentimientos, mi cordura debe mantenerme entero.

Ella agarró la muñeca que estaba en las manos de él y luego de bajarla, aprisionó las manos de él en las suyas y se acercó para besarlo.

Él carecía de voluntad para negarse a su acercamiento, la dulzura con la que Olive buscaba explicaciones para él y sus actos, era inocente de sus mentiras. Ella tan solo estaba enamorada sin remedio y sin razón. Cada vez costaba más negarse a besarla. Ceder ante la preciosa tentación que tenía en frente sería el peor error que podría cometer en su vida.

Una vez que Olive se dio cuenta de que él no la había rechazado, le llevó para que se sentara en la polvorienta cama junto a la muñeca de paja.

Se alejó un poco para agarrar una caja y en ella tenía paja seca y un hilo.

Lo miró con decisión en los ojos y se dispuso a elaborar una muñeca artesanal frente a él, mientras le contaba asuntos tanto trascendentes como intrascendentes. Edward apreció las facciones dulces y pícaras de Olive y sonrió. Llegado un momento, su mente viajó para armar un escenario completo si él aceptaba las atenciones de Olive además de darle las suyas. ¿Qué podía salir mal con una muchacha bella e inteligente y para aumentar su suerte, era una predilecta de su madre? Pues él mismo y la familia de ella.

Se quedó cómodo escuchándola y esperó a darle lo que él creía era su opinión madura sobre la situación que le planteaba.

Se quedaron en aquel sitio durante más de una hora y luego regresaron a la residencia. Pese a que palabras y promesas de un amor no salieron de aquellos labios, existía como un pacto implícito que Edward consintió con las ventajas y desventajas. Si Lornell sabía lo que su querida Olive pretendía de él, lo condenaría por todo lo alto y él no sabría cómo reaccionar o qué decir. Los arrebatos que tenían solo los llevaría a un lugar: la ruina de ambos.

—Por favor, doctor Flecher, piense en quedarse una noche más —rogó Olive, estirando su chaqueta.

—No soy capaz de tolerar los chascos de lord Cavendish. Hay una diferencia entre el cansancio y la edad avanzada que aún no poseo —se quejó, molesto.

—Los caballeros a cierta edad aún son inmaduros, otra razón más para adorarlo...

—No era mi intención que me adorara, señorita Olive, sino que sepa que quizá la perfección y la preferencia de Cavendish en esta casa sea una desventaja para usted.

—Me siento halagada por sus celos. Confío en que podré tener una graciosa amistad con él, porque lo que pienso y deseo, es usted...

—Mejor regrese y déjeme pensar. Con usted cerca es imposible oír a mis pensamientos cuando me aconsejan que me aleje...

—No piense demasiado, es sufrir sin razón. Si piensa en mí, su día será más grato y sus sueños más satisfactorios. Estaré con usted en cada paso que dé. Hasta si lo decide, seré su asistente para acompañarlo siempre. —declaró tocando su antebrazo antes de dejarlo y regresar junto a los demás en la cacería.

Su vida atravesaba un confuso cambio, cediendo ante los acercamientos de Olive, pero no había ganado nada resistiéndose. Se tornó más brusco en sus formas cuando estaba acorralado, y ella ni aun así se había inmutado y menos desistido.

¿Cómo no se daba cuenta de que Olive conseguía lo que deseaba desde que la conoció? Sabiendo eso y a la vez ignorándolo, no tenía muchas salidas. Lo prohibido que resultaba aquello era algo que lo aquejaba. Si era una dama cualquiera que lo enamorara, no habría mayor inconveniente en siquiera cuestionárselo. La amistad de años con esa familia estaba en un gran riesgo si ella continuaba con sus ideales de que él se convirtiera en su esposo. Aquellas ideas iban por completo en contra de las suyas. En su vida no estaba contemplado casarse y mucho menos amar a una mujer que interfiriera con lo que le costó esfuerzo conseguir pese a que su padre le diera la espalda sin apoyarlo.

Haber nacido en cuna de oro no lo hizo feliz. Las reglas con las que creció no le hacían feliz. Lo que llenaba su alma mentirosa con nuevo porvenir era ser médico y residir en Derbyshire bajo su estricta rutina. Para lo único que pensó alguna vez romper su esquema era para mayor conocimiento.

Él no se dio cuenta de cuánto descansó. Ni siquiera se percató si estaban disparando en algún lugar del monte. Se perdió en un reparador sueño, sin temor a que alguien abriera la puerta y se abalanzara a decirle que lo amaba y también que lo besara.

Despertó cuando anocheció. Suspiró al saberse dormido todo el día.

—Se ha despertado para cenar, doctor Flecher —indicó la señorita Dunbar llevando sábanas nuevas a la habitación de Odei.

—Lo he notado, señorita Dunbar.

—Baje, que tenía la misión de despertarlo también. Ha tenido preocupados a los dueños de casa.

—Lamento escuchar eso —se disculpó, avergonzado.

Le sería un poco embarazoso estar frente a ellos después de quedarse dormido en lugar de la cacería.

—Vaya, doctor Flecher —dijo Ofelia, acercándose a él—. Le ha cambiado el rostro. Ya parece el mismo de siempre...

—Gracias. Les pido disculpas por darme unas libertades en la propiedad.

—Supongo que habla de libertades en la propiedad refiriéndose a la habitación —adujó Lornell, bromista.

—Con exactitud, sí —replicó contagiado por el buen humor del dueño de casa.

Edward buscó a Olive, que no se encontraba en el salón y tampoco estaba lord Cavendish. Se sentía mejor al pensar que se retiró a su residencia. Pero como sus pensamientos no fueron certeros, hizo una mueca al ver que el joven entraba del brazo al salón junto a Olive.

—Doctor Flecher, ¿cómo le ha ido contando ovejas? —repuso Gerard, sonriente.

La petulancia en la voz del joven y confiado Cavendish tenía sus nervios crispados. Soportarlo era casi una encomienda imposible.

Capítulo 32

Luego de los días de cacería Olive no desistió en su afán de inmiscuirse en la vida de Edward. Iba con mayor frecuencia al pueblo donde él vivía. Charlotte la acompañaba a todas partes y aquel día no sería la excepción.

Después de que Maxwell confesara en la mesa de la cena días después de la cacería que le había pedido matrimonio a Charlotte y que ella aceptó, el mundo que Olive conocía como algo convencional se desvanecía. Lloró de felicidad al igual que de tristeza por aquella decisión que sus amigos tomaron.

Aquel llanto se debió a todos los sentimientos encontrados que tuvo. Saber que su tan apreciado Maxwell se casaría con su querida Charlotte, la emocionaba, pero también le demostraba que ella en lo relacionado con el resto vivía en el pasado. Todavía los imaginaba junto a ellas haciendo travesuras. Aquellos tiempos no regresarían, crecieron y cada quien iba tomando su rumbo.

Lo que ocurría entre sus queridos amigos la obligaba a madurar y aceptar que los tiempos cambiaron y que no eran unos niños, sino que estaban siendo adultos y como tales debían tomar sus decisiones.

—Charlotte, hay muchos vestidos aquí con los que podrías casarte —sugirió Olive, observando a través de los cristales de las modistas, los coquetos vestidos que ahí estaban exhibidos.

—Lo compraré de Londres. Los vestidos son más sofisticados para un matrimonio. Estoy muy contenta con lo que ocurrió, fue lo que esperé por muchos años…

—Lo sé… —comentó en tono monótono.

—Me confesó que te pidió matrimonio y que tú lo rechazaste… ¿Estás arrepentida de haberlo hecho?

—¡Por supuesto que no! ¡Dices sandeces!

—Es que no te noto tan contenta como imaginé algún día que estarías. Yo no estoy sorprendida de que te haya pedido la mano. Te lo dije desde siempre, aunque lo creías improbable.

—No pasa por eso el asunto, Charlotte. Es que no volveremos a estar juntos los tres como antes. Me entristece tanto. En ocasiones temo a los cambios. Mis padres murieron, mi hermana se casó y consiguió una nueva familia para Odei y para mí. Estos años fueron como un abrir y cerrar de ojos, crecer se ha vuelto difícil y muy conveniente. He dicho que soy una mujer para amar a un hombre, pero no he podido aceptar que mis amigos me dejarán de lado.

—No es cierto, Olive. Viviremos aquí en Derbyshire, criando caballos. Sé que cuando te cases vivirás aquí también, porque aunque ames Londres y hayas sido educada con las ansias de ser una mujer importante, eso no es mayor que tu apego a las personas y a los paisajes en los que creciste.

—Espero que el doctor Flecher desee vivir por siempre en Derbyshire.

—¡Es el doctor! —anunció Charlotte. Cogió a Olive del brazo y la acercó a ella.

—Era hora de que apareciera alguna vez. Llevábamos días infructuosos esperándolo.

Las dos muchachas lo vieron caminando por las calles en dirección a su residencia. Era extraño no verlo en su pescante.

—¡Doctor Flecher! —se acercó apresurada Olive, mirando a ambos lados de la calle antes de cruzar.

A Edward se le pusieron los pelos de punta al escucharla, y al girarse, sospechaba que escapar sería inútil. Se quedó quieto esperando a que se acercara. Apreció agitada corriendo hacia él. Ni por más que estuviera corriendo aquellos bucles parecían ser tan firmes que no se desmoldaban.

Al mirarla frente a frente, sonrió sin darse cuenta. Pocas eran las personas que colocaban una hermosa sonrisa al verlo llegar. Por lo general esa cara la notaba en los parientes de sus pacientes enfermos y que necesitaban ser atendidos.

—Señorita Olive, está un poco alejada de su casa.

—Vine con Charlotte que se ha quedado mirando detrás de los cristales todos los vestidos del pueblo. ¿No sabe que Maxwell la ha pedido en matrimonio? Se casarán en la próxima primavera

—Qué grata noticia me ha dado. Le enviaré una carta de felicitaciones a ambos. Tantos años de conocerlos y es bueno saber que estarán siempre unidos. Los lazos de amistad en ocasiones son más fuertes que los propios lazos familiares.

—Puede que sea verdad. Pero me he sentido muy triste y desolada.

—¿Por qué razón? —interpeló, preocupado.

—Porque pierdo a mis amigos y además, usted me ha abandonado. He tenido palpitaciones durante las noches porque no hago más que pensar en usted…

Edward miró hacia cada lado por si alguien estaba cerca y los escuchaba conversar.

—Por favor, hemos conversado del asunto. Lord Cavendish es el predilecto del señor Horstman y usted sabe que estoy mejor solo.

—¿No le duele al menos un poco estar lejos de mí? —curioseó con un mohín triste.

—No me obligue a decir cosas de las cuales puedo arrepentirme…

—Entonces es que sí le duele. Porque de ser lo contrario, usted me respondería con su característica simpleza, que no.

—No sea caprichosa y…

—Lo esperaré para cabalgar. Estaré muy enferma para que pueda visitarme —declaró decidida.

—¿Al menos me puedo negar?

—No. Muero de ansias por besarlo y sé que también me extraña, lo he notado en su rostro, en la sonrisa que no ha podido ocultar desde que me vio llegar hasta usted.

—Yo lo llamo resignación. —se quejó pronto.

—Lo espero. No importan las razones, si usted va, sabré de su interés.

—No tiente a su suerte y no se exponga a enfermar.

—No diré lo que opino de mi traicionera salud. Nos estaremos viendo…

Ella apresuró su paso para regresar junto a Charlotte a quien le pidió que la esperara dentro de una de las modistas que la conocían, pero que no la perdiera de vista.

Tenía bien trazado lo que necesitaba conversar con el doctor Flecher. Pondría sus cartas sobre la mesa. Si asistía a su invitación era porque estaba verdaderamente interesado en ella y si no, aceptaría de buena fe las insinuaciones de Gerard Cavendish, que no hacía más que pasearse por el jardín. Era más fácil distinguirlo a él que al perro de la familia que llevaba años rondando por la residencia espantando coyotes.

Cuando regresó de una consulta y contados dos días desde que Olive se encontró con él en la calle con aquel rostro angelical e imperturbable solo ensombrecido por la tristeza de creer que perderá a sus amigos, encontró sobre la mesa de la entrada una misiva proveniente de Blury House.

No dudó en un instante en imaginar lo que estaría dicho en aquel papel. Suponía que la dulce Olive no había escatimado en descripciones sobre lo que la aquejaba en sus pensamientos para llevarlo hasta ahí.

Bufó una vez que leyó lo que estaba escrito.

—¿Qué ocurre? —preguntó su madre, viéndolo sentarse en un sillón.

—La señorita Olive Weatherly está enferma...

—¡Oh, pobre muchacha tan bonita! ¿Irás a verla?

—No creo que tenga algo más grave que un capricho. Le aseguro, madre, que todo lo que le aqueja desaparecerá cuando vea al practicante llegando a su casa.

—Vaya, Edward, eres peor de lo que pensaba. Ahora a más de ser egoísta, eres antipático y te falta empatía. ¿Fue ella quien te escribió para decirte que está enferma?

—No. Fue el señor Horstman.

—¿Crees que se prestaría a los juegos de una niña caprichosa?

Él iba a responder con soberbia, pero se contuvo. Tendría que ir. No importaba lo mucho que intentara olvidar el asunto de sus encuentros con Olive. Ella se las ingeniaba para estar presente en su mente y a su alrededor.

En un momento de desesperación, deseó echar sus muñecas al fuego. No pudo hacerlo porque tenían un valor sentimental y después de haber estado en la cabaña y que aquella le contara sus sentimientos y temores con gran madurez, solo podía comprenderla. Él a esa edad comenzó con sus dudas sobre qué era lo que debía hacer. Su vida de niño había cambiado. Otra etapa lo esperaba y había sido difícil tomar una decisión sin el apoyo de su padre. Su madre era quien a pesar de sus malos tratos no perdía la esperanza de que regresara a donde pertenecía, pero él tenía un sentido de pertenencia en Derbyshire, con el campo, con la humildad y cerca de sus buenas amistades.

—Iré, madre, iré... —respiró cansino, y pensó que estaba todo dicho, pero no era así. Sintió que tenía algo atorado en la garganta y que debía sacarlo—. Mi empeño es para no hacer que crea que tiene alguna esperanza, mas usted me arroja a los brazos de quien busco escapar...

—Escapar será difícil si te tiene atrapado. Tú nunca fuiste débil o asustadizo y menos huiste de algo. Te escondes de ella porque sabes que no podrás contra lo que sientes y caer para ti, será la miseria. Cree en que será mejor para todos. No puedes pensar por los demás ni cómo reaccionarán ni qué decisiones tomarán.

Hablar con su madre no representaba siquiera un consuelo. Sus intereses giraban en torno a la muchacha que se había interesado en él y que para nada tenía en cuenta algunos detalles como la amistad que le unía con la familia Horstman.

Él se dirigió a Blury House como Olive lo había previsto. Ella no hizo mucho esfuerzo para parecer enferma, sino que se limitó a salir de la casa, lo que le resultó preocupante a Lornell. Si Maxwell no estuviera en Londres, la hubiera delatado sin dilación. La noticia de que ella probablemente convalecía en una cama también llegó a oídos de Gerard Cavendish, que no solo se sintió obligado por la visita de ella a su residencia cuando enfermó, sino que también le haría un presente como el que ella muy atentamente le entregó.

—Doctor Flecher —saludó Odei que iba de salida con su bastón en la mano—. Olive no está enferma. La he observado y las que adolecen no brincan como cabras atolondradas frente a los cristales de las ventanas al verlo llegar.

—Gracias, señorita Odei, por el anuncio. Lo supuse desde un principio.

Ella le hizo una reverencia antes de continuar con su lenta caminata. Él reparó en que Odei necesitaba un nuevo bastón para caminar.

—Su bastón hay que cambiarlo o arruinará su postura, señorita. En mi próxima visita se lo traeré…

—¿Su próxima visita no será tan lejana? No viene con frecuencia, pero aguardaré paciente por el arrimo.

Asintió para dejarla tranquila. Nunca incumpliría su palabra para con Odei. Podía jurar que ella no necesitaba decirle que quedaría decepcionada si no lo hacía, sino que lo crucificaría con la mirada. Aquellos ojos azules eran profundos y misteriosos. Era diferente a las miradas de sus hermanas.

Olive era jovial mientras Ofelia era afable.

—Bienvenido, doctor Flecher. Los señores Horstman han ido a dar un paseo por el pueblo. Supongo que su visita es por la señorita Olive. El señor Horstman dijo que lo mandaría traer en la brevedad. Si me deja decirle… —mencionó la señorita Dunbar bajando la voz y acercándose hacia él para acompañarlo a la habitación de Olive.

—No cree que ella esté enferma… —interrumpió a la mujer que abrió los ojos con sorpresa —. Ya en la entrada me han puesto al tanto.

—La señorita Olive a veces es…

—Caprichosa —volvió a completar.

—No crea que le enseñé esas cosas, doctor Flecher.

—Por supuesto que no. La señorita Charlotte tuvo la misma educación que ella y hasta hoy no he notado las mismas actitudes. Es evidente que no pasa por una cuestión de educación.

La señorita Dunbar le sonrió y lo dejó pasar a la habitación dejando la puerta abierta para poder quedarse a observar.

Colocó al caballero en alerta contra Olive.

—¡Doctor Flecher! —exclamó Olive, sonriente, hasta que notó que no iban a quedarse solos. Su institutriz estaba firme como blasón en la entrada.

—Buen día, señorita Olive. ¿Me dirá sus dolencias? —preguntó, socarrón.

—Hoy amanecí mucho mejor. Debe ser por las atenciones tan amables de la señorita Dunbar.

—¿Qué síntomas ha tenido?

—Tristeza y desgano porque me he sentido muy ignorada —respondió, avispada.

Edward se sonrojó e intentó fingir que no se sentía aludido, sabiendo que él era la razón de sus quebrantos. No quería que la señorita Dunbar sospechara de las intenciones de Olive y menos de las suyas.

—Le haría bien salir a caminar. En su carta el señor Horstman me ha dicho que usted no ha hecho sus visitas regulares desde la última vez que la vio salir.

—Acompáñeme a caminar para que pueda notar que hoy puedo morir por dejar de respirar.

Capítulo 33

Salieron de la habitación en silencio. Olive era la convaleciente mejor arreglada de todas a las que había visitado. Sus ojos no podían dejar de halagar la perfección de sus bucles.

—Le dije que lograría traerlo aquí… —dijo la muchacha con suficiencia.

—Y yo no le dije que no vendría. Si estoy aquí no es por su salud, es por usted. Quisiera una vez más apelar a su razonamiento. Madurar en lo físico no le asegura que eso haya ocurrido en su mente.

—Me parece que es usted quien no ha madurado todavía, doctor Flecher. Ni los más ridículos caballeros huyen de una dama como lo hace, deme una explicación que me convenza de lo que busca. No soy poco razonable en mis pedidos.

—Fui franco con usted desde un principio. La conozco de muchos años y cultivé una amistad con su familia. Considero, sin ánimo de ofenderla, que es inapropiado lo que hace. Compromete mi esfuerzo de años y mi credibilidad. ¿Qué pensará de mí el hacendado Lornell Horstman? Sin dudas que me aproveché de los años de amistad para alzarme con usted. Dirá que estuve seduciéndola durante mucho tiempo y que con mi experiencia la induje a que rechazara a un joven partido como lord Cavendish —contó, creyendo que conseguiría hacer razonar a Olive, pero la risa casi burlesca de ella, le sorprendió.

—¿Es tan poco lo que le preocupa, doctor Flecher? —inquirió sin dejar de reír —. En todo caso él creerá que yo he sido mala influencia para usted.

Ella distinguió que estaban alejados de la casa y que nadie los vería a esa distancia. Colocó sus manos en las mejillas de él sin dejar de mirar a sus ojos.

—Dígame las verdaderas razones por las que teme, por las que huye de mí —pidió Olive.

—Es tan evidente, lo que temí terminó ocurriendo. Por su causa, no puedo olvidarla, pero como también le dije una vez, me debo a mi razón y por tal motivo, me rehúso a estar cerca de usted. Le he dictado lo que me aqueja, y no es solamente la probable indecencia de la situación, sino algo un poco más delicado que no deseo que se sepa. No soy merecedor de sus sentimientos.

—Dígame algo que no me haya dicho. Cuénteme por qué no es merecedor de eso. ¿Qué secreto oculta? ¿Acaso tiene que ver con que no lo conozcan en Londres? Lo que usted haya hecho tiempo atrás a mí no me interesa. En ocasiones la gente se muere porque no se la puede salvar, si es lo que le aqueja como culpa.

—No, señorita Olive, no es una culpa de esa magnitud. No se trata de que no me conozcan en Londres, la verdad es que soy muy conocido, demasiado…

—Pero Maxwell ha dicho que nadie lo conoce en Londres.

—Nadie conoce a Jeffrey Flecher, pero sí a Edward. Espero que comprenda que esto que le digo es un secreto que llevo durante años conmigo. El hombre que conoce como el doctor Flecher no existe, nunca ha existido. ¿Todavía carece de importancia estar interesada en un impostor? —interpeló. Quería que comprendiera que lo de ellos era imposible.

Olive frunció el ceño. Una expresión de molestia se colocó en su rostro antes de replicar lo que pensaba.

—¿Tanto le ofenden mis sentimientos y mi amor para inventar una historia fantástica? Casi me convencí de que su amistad con mi familia estaba en riesgo, estuve a punto de creerle… —musitó decepcionada y decidió emprender su regreso.

Él no quiso retenerla, dejó que se alejara unos pasos pese a que le angustiaba su expresión desolada. Aquella reacción era lo que buscaba, ese alejamiento era lo mejor para los dos. Sin embargo, en unas largas zancadas la alcanzó y giró con brusquedad a Olive.

—La amo mucho, pero está prohibido. No he querido ofenderla con mi verdad. No le diré más, aunque le daré algo para que sepa que esto que le dije, no es algo fantástico. Investigue sobre el duque de Chumberland… —confesó acercándola a su figura.

La besó sin perder más tiempo. Al menos ella conocería las razones de ese amor prohibido que progresaba en su pecho y al cual se negaba desesperadamente hasta el punto de comenzar a sufrir al verla con una expresión de decepción.

Ninguno de ellos reparó en que Gerard Cavendish montado en su caballo los había visto. Arrojó en aquella pradera las flores que recogió para llevárselas. Grande fue su sorpresa al notar que era ella siendo besada por el doctor Flecher. En todo ese tiempo estuvo haciendo el ridículo de un hombre enamorado.

En su familia parecían estar prohibidos los amores entre un Cavendish y una Weatherly. Fracasó de tal manera como William, o tal vez de una forma más vergonzosa.

Lo único que sabía era que no deseaba volver a esas tierras, de hecho, no volvería a aquel sitio ni siquiera invitado por la más suculenta cacería y evitaría que cualquier familiar suyo volviera a ser humillado.

Cabalgó de vuelta a Chatsworth House en donde transmitiría la pésima noticia a su abuela.

—Adiós, señorita Olive —se despidió Edward al soltarla para que ella se fuera.

Sus ojos se empañaron por aquella despedida que parecía ser para siempre. ¿Cómo podría creer en su apresurada y desesperada confesión de que la amaba? Más parecía un ruego para que no se enojara. Había hecho demasiado para ganar el amor de aquel, mas no sabía qué hacer con lo que le dijo.

Edward no dejó de pensar en Olive en los días que siguieron, parecía que necesitaba una excusa para volver a verla. La muchacha no había aceptado la invitación de su madre a una tarde de té, lo cual sorprendió a ambos. Los reclamos de su progenitora no se hicieron esperar. Confesó que le dijo en partes la verdad de la situación en la que se encontraba y también que estaba muy confundido en sus sentimientos.

Mientras tanto en Blury House, los días habían pasado y Maxwell regresó de Londres. Olive tenía la idea fija en la mente de que el único que podía ayudar a curar su decepción era él con sus conocimientos sociales.

—Le escribiré a lord Cavendish para que venga a animarte, Olive, es tan extraño que no hubiera venido cuando supo que estabas enferma —dijo Lornell, pensativo.

—Es probable que haya perdido el interés en mí. Estoy contenta porque Maxwell ha vuelto. Él y yo iremos hasta la casa de Charlotte después del almuerzo, ¿no es así? —preguntó. Aquello no hacía más que comprometerlo a irse.

—Como usted diga, señorita Weatherly —se burló Maxwell que no intentaba siquiera negarse.

—De todas formas le escribiré. Aunque no es el único candidato bueno de la región, es uno excelente que ha demostrado gran interés y ha caído de buena forma a la familia.

Luego de decir aquello, Lornell se dirigió a su despacho para escribir la carta. Esperaba que Olive no hubiera dicho tonterías que pudieran alejarlo de un ventajoso matrimonio para ambos.

—¿Qué requieres de mí, Olive? —investigó su primo.

—Quería saber si me trajiste algo de Londres. —mencionó.

—Listones y algún que otro prendedor, pero no es lo que tu deseas saber. Podrás casarte con cualquiera, no obstante, te conozco mejor que tú misma.

—Estás en lo cierto, aunque el prendedor logró llamar mi atención. ¿Quién es el duque de Chumberland?

La expresión sonriente de Maxwell desapareció y en su lugar se sumó la cautela antes de responder.

—No lo sé…

—El doctor Flecher o como se identificó a mí; Edward, me dijo que investigara sobre ese nombre. Tú eres quien va a Londres con frecuencia. Responde, Maxwell, pues he quedado muy dolida pensando en que es una mentira para desalentarme.

—Si él lo dijo, no tengo razones para seguir callando lo que supe estando en Chatsworth House. De tanto que no deseaba ir, terminé haciéndome eco de un secreto que ocultaba el que creíamos doctor Flecher. La anciana de los Cavendish lo reconoció a plenitud y yo no pude hacer oídos sordos.

—¡No me lo dijiste! El doctor Flecher es el duque de Chumberland... —dijo, emocionada—. Entonces no me ha mentido ni inventó una historia fantasiosa.

—Si decidió contarte su secreto, es por algún motivo, y supongo que se debe a que en el fondo te ama, pero mi tío no lo aprobará.

—Lo hará si él le pide mi mano, Maxwell.

—No. Tantos años vives con mi tío y todavía no lo conoces bien.

Capítulo 34

Olive pese a que Maxwell no había alentado un buen augurio para el amorío con el doctor, no quiso creer en sus advertencias. Dejó que él se fuera solo para ver a Charlotte y ella pidió al carruaje que la llevaran hasta la residencia del doctor Flecher.

Durante el trayecto y después de varios días de sentirse desalentada y de hasta rechazar la graciosa invitación de la madre de él, se sintió feliz de que no le había mentido sobre eso. Creyó que inventó una mentira para librarse de ella.

Cuando llegaron a la residencia de él caía una copiosa lluvia. A Olive muy poco le importó. Bajó del carruaje pese a las advertencias del cochero para que no lo hiciera.

Golpeó la puerta con insistencia esperando a que le abrieran mientras se iba empapando. Su tan cuidada apariencia estaba convertida en un trapo mojado.

Al momento en que la doncella abrió la puerta, ella pasó sin dilación y se presentó en el salón donde estaba Edward y junto a su madre, que fueron sorprendidos por su intempestiva y mojada entrada. Abandonaron sus asientos y se pararon.

—Excelencia… —logró mencionar agitada frente a ellos.

Nadie lograba mencionar palabras. Edward y Olive se observaban sin perderse de vista.

—¿Podría dejarnos, madre? —pidió él.

—Por supuesto, querido.

—Vendré muy pronto a beber el té con usted… —declaró Olive, agitada.

Olive esperó a que la madre de él se fuera para poder acercarse a él.

—Siento mucho no haberle creído, era inverosímil, pero Maxwell me dijo lo que necesitaba saber… —contó abrazada a su pecho, mojándolo con sus prendas.

—Olive… —pudo articular sin darse cuenta de que dejó un beso en sus cabellos empapados—. Le traeré una manta para que no se enferme.

—Enfermar suena encantador si me va a curar usted... —musitó sin soltarlo.

—Siento mucho ser una farsa para todo el condado, pero fue la única forma en que mi cuna no me seguiría hasta aquí. Lo he callado por muchos años y que alguien más diferente a mi madre lo sepa, es algo que aligera mi carga.

—No importa, yo lo perdono porque no me he enamorado ni del doctor, ni del duque, sino del hombre. No pudo haber mentido tanto en su carácter.

—No. He mentido en mi nombre, pero no en mi forma de ser.

—Ahora podremos casarnos, ¿no lo cree?

—No lo creo. Todavía pienso que este sentimiento es un error —confesó Edward, escondiendo su rostro de la mirada dulcificada de Olive.

—Esperaré a que se decida. No tengo apuro de tiempo si sé que mi amor es correspondido.

—No aliente esto, se lo ruego. He estado tentado a correr hasta usted, iba a hacerlo hoy con la excusa de llevarle a su hermana el bastón que le prometí.

—Usted no me aliente entonces con lo que me cuenta...

—¿Y qué puedo hacer si me ha conquistado? Me perturbó y cambió todo lo que deseaba...

—No cumple con desalentarme, si nos amamos no hay impedimentos más que usted.

—No es así, no.

—Guardaré el secreto, lo prometo.

Edward no sabía qué hacer. Su tranquilidad y su futuro en Derbyshire estaban comprometidos a causa de sus sentimientos por Olive. Pese a que intentó reprimirlos, aquellos flotaron sin que pudiera hacer nada.

Mientras la lluvia se mantenía constante, Olive permaneció en la residencia de Edward bajo la mirada de su madre que le había prestado una de sus prendas para que no estuviera mojada.

La puerta fue golpeada con fuerza. Edward pensó que aquello podía tratarse de algún paciente necesitado, y no dudó en abrir la puerta. Aquel día no dejaba de sorprenderse Lornell acompañado de Ofelia, ambos cubiertos con capas, estaban en su entrada.

—¿Dónde está Olive? —increpó Lornell con prepotencia. Ofelia mientras solo hizo una reverencia antes de pasar.

—Ofelia, padre... —articuló al distinguirlos.

—Sube al carruaje, Olive. —mandó Lornell, enfadado.

—Pero... —discutió ella, pero el gesto negativo de su hermana, le mandó a que no lo hiciera.

La mirada desafiante de Lornell no dejaba en paz a Edward, y él sospechó que también debía saberlo todo.

—La señorita Olive...

—Usted no hable. ¿Cómo desea que lo llame, duque de Chumberland o doctor Flecher? —interrogó, impertinente—. No puedo creer a quien invité a mi casa durante estos años y consideré mi amigo. Por una carta de lord Cavendish supe que usted sedujo a Olive.

—¡No es cierto! —lo defendió cogiéndolo del brazo.

—¿Sigues aquí? No puedes siquiera permitirte pensar en el daño que te ha hecho este hombre —acusó—. Como tu tutor, tu cuñado y más que nada tu padre, te ordeno que vayas al carruaje. A este caballero no lo vuelves a ver, Olive.

—¡No es así, por favor! —rogó.

Ofelia la llevó del brazo y a Edward le pudo dar sus excusas moviendo los labios para decirle que lo sentía mucho porque ella había apoyado las intenciones de su hermana.

Tanto en la garganta como en el estómago, Edward sintió un nudo.

—Espero algún día obtener su perdón, señor Horstman. Agradezco que me abriera las puertas de su casa…

—No sabe lo decepcionado que estoy de usted. Olive no merece sufrir lo que Ofelia ha tenido que trajinar. En todo el amor que siento por mi esposa, no puedo dejar de culparme por haber truncado su juventud llenándola de hijos. Olive puede casarse con alguien más joven, alguien sincero y que la pretenda de frente. Hoy ha quedado sin la propuesta de Cavendish. Si tan solo hubiera sospechado de su desvío… ¿Cómo pudo aprovecharse de su inocencia? ¿Con qué artimañas la ha convencido de que está enamorada de usted? ¡Era el médico de la familia, nuestro más íntimo amigo! —reclamó furibundo.

—No fui yo quien la enamoró, sino ella a mí y lo siento mucho. Le dije en varias ocasiones que no podía ser posible, pero…

—¡No injurie a Olive frente a mí! —exigió agarrándole de su prenda—. Podrá ser una muchacha un tanto diferente, pero nunca creeré esto que me dice. Lárguese de Derbyshire. No le temo a su título ni a su parentesco con el monarca.

El mundo que construyó por más de diez años se desmoronó sobre su cabeza, no solo perdió credibilidad, sino también acabó humillado y con un corazón partido por no escuchar a su mente.

La espalda de Lornell le hizo presumir que su vida en Derbyshire terminó y el portazo que siguió era la patada que lo expulsaba.

Aquel era un hacendado influyente del condado, nunca nadie lo buscaría si decía que sedujo a su hija.

—Es el fin… —dijo para sí. Su madre permaneció cerca de él, pero sin decir nada—. Nos iremos, madre, prepare todo para partir muy pronto.

No importaron los ruegos de Olive, Lornell era inflexible y nunca creyó en lo que le había dicho sobre su relación con Edward. Aquel prefirió creerle a las filosas palabras que había usado Cavendish para referirse a lo que vio.

Ofelia quiso consolarla con sus típicas palabras de que no era el único caballero, y ella siempre le respondía que era al único al que ella amaba.

A Lornell le dijo que permanecería soltera por lo que hizo con Edward.

Él replicó soez que si Cavendish decidía abrir su boca para contar los hechos, pues era evidente que no se casaría ni por más que lo deseara al menos en el condado.

Ella supo por intermedio de Charlotte que Edward partió sin rumbo. Dejó al encargado de la residencia el bastón que era para Odei y no hubo para ella nada. Su corazón estaba destrozado y desesperanzado.

Todavía seguía haciendo sus paseos junto a Charlotte y Maxwell antes de que se casaran. Para consolarla la habían nombrado como la invitada más esperada en su futura residencia que estaba en remodelación.

Al menos no vivirían lejos, aunque debía ir en carruaje o a caballo para visitarla. Se acabarían sus largas caminatas acompañada por su amiga.

—¿No quieres caminar por las orillas de la laguna? —preguntó Olive a su hermana Odei que estaba sentada cerca de la ventana cerrada leyendo un libro.

—No. A él no le gusta que vayamos a ese lugar en invierno. Es peligroso, siéntate a mi lado y lee algo que te agrade —dispuso su hermana sin mirarla.

Olive hizo un mohín y se sentó en el sillón frente a ella, luego cruzó los brazos bajo el pecho.

—Él no es tan bueno, es alguien irreverente cuando no quiere comprender lo que intento decirle.

—Ajá…

—¡Odei! —exclamó Olive enfurruñada por no ser tomada en cuenta siquiera por su hermana.

—No soy alguien que te consolará. Eres caprichosa e irreverente con nuestro padre.

—Y tú eres una consentida cegada por su cariño.

Odei achicó los ojos para discutir con Olive, sin embargo, la señorita Dunbar interrumpió antes de que las cosas se salieran de su sitio.

—Señorita Olive, no sea pendenciera. Su hermana no tiene culpa de sus desgracias —defendió la institutriz.

—Dígale más, señorita Dunbar. Puede decirle que ha llegado un carruaje a duras penas por la nieve.

Olive y la institutriz se acercaron a la ventana y notaron que se trataba de un carruaje muy elegante.

—¿Mi padre esperaba a alguien, señorita Dunbar? —preguntó Olive.

—A su hermana, pero no llegaría hasta en una semana cuando se supone que mejorará el clima.

—¿Quién será el invitado no deseado? A él no le gustará ser molestado en su paz invernal —se burló Olive con malicia.

La curiosidad de la señorita Dunbar no la dejó en paz, se acercó a la puerta para saber quién era el que sí osaba en molestarlo en invierno. Dejó a las hermanas Weatherly en la biblioteca para poder conocer sobre el asunto y llevar las buenas nuevas para armar el cotilleo.

—¡Ha venido hasta aquí! —escuchó el estallido de la voz de Lornell.

Epílogo

No solo la señorita Dunbar lo escuchó sino también Olive que abandonó su sillón, asustada y Odei que cerró el libro colocándose rígida. Aquel gruñido no dejó un alma indiferente.

—¿Qué se supone que tiene que hacer aquí? Le dije que se largue de Derbyshire —dijo alzando la voz.

—En esta ocasión no me va a persuadir, señor Horstman. Se calmará y dignará a escuchar lo que tengo que decirle —habló Edward, calmado.

Estaba vestido tan elegante como su verdadera posición le mandaba. Su maletín de médico no lo acompañaba en esa ocasión.

—No tengo nada que escuchar. Lo invito a retirarse. No puede venir a nada bueno.

—Lamento tener que contradecirle, pero sí he venido para algo bueno, tal vez para usted no, mas para Olive y para mí, sí.

—No quiero escuchar el nombre de ella en sus labios, como se atreve siquiera a mencionarla con petulancia y confianza.

—Porque amo a la señorita Olive Weatherly contra todo pronóstico. Ella ya no es una niña, es una mujer y una con la que me quiero casar. He intentado vivir como antes durante estos seis meses, pero no puedo si vive en mi mente y en mi corazón. Yo no deseaba aceptarlo, sin embargo, luchar sin resultado alguno frente a mis sentimientos era hasta turbador. No quiero que mencione alguna cosa diciéndome que incluso soy anticuado. Le lleva más años a su esposa de los que le llevo a la señorita Olive. Espero que todavía siga interesada en mí pese a lo que pudo usted decirle y también por mi cobardía. Partí de Derbyshire tan obediente como un jovenzuelo, me arrepentí de haberlo hecho y no luchar por mis sentimientos. No le guardaré rencor por el trato que me ha dado y que aseguro le dio a la muchacha por mi causa.

Olive se acercó a la sorprendida señorita que quedó tiesa en el pasillo al salón oyendo lo que acontecía. Pudo distinguir la voz de Edward y no terminaba de asimilar que podía ser él.

—Regresó… —murmuró, cogiendo del brazo a la señorita Dunbar.

—Guarde silencio, señorita Olive.

—¿Silencio? No más silencio.

Ella sin dudarlo un instante salió para encontrarse con ambos hombres que se miraban desafiantes, ninguno quería dar su brazo a torcer.

—Ha regresado… —emitió, sonriente.

—Lo hice por usted porque no puedo más vivir sabiéndola lejos —confesó con una media sonrisa —. Ya no hay nada que ocultar ni al que temer. Lo que pensé, lamentablemente ocurrió.

—Olive, vete de aquí —ordenó Lornell.

—No, no me iré. Se negó a escucharme cuando le dije que como yo lo amaba él también lo hacía.

—¡Es que no entiendes, Olive! —espetó.

—¡El que no entiende es usted! ¡Nadie le impidió que se casara, no lo haga conmigo! —exclamó hasta quedar sin aliento, dejando a Lornell desarmado—. Lo amo, señor Horstman, y ha sido un padre para mí durante todos estos años, pero no me impida ser feliz. No se da cuenta de que lo que lamenta es su felicidad, ¿no ve que Ofelia es feliz así? Sea generoso como lo fue desde que nos recogió del bosque. Él… —señaló a Edward—, también nos ha brindado su cuidado y afecto, no puede ser desagradecido solo porque nos enamoramos.

Lornell agachó la cabeza y se dirigió a un sillón. Ofelia que lo oyó levantar la voz se acercó para sobarle los hombros con cariño.

—Me alegro de que haya vuelto, doctor Flecher… —saludó Ofelia—. Para mí siempre será el doctor, que salvó a mi hermana y cuidó de mi familia. Sea bienvenido.

—Gracias. —dijo acompañado de una reverencia para luego mirar a Olive—. Siento mucho haber sido un cobarde, pero al final triunfó la rebeldía que existe en mí y que me permitió alejarme de mi familia para luchar por mis sueños. ¿Dónde desea vivir? Me adelantaré diciéndole que amo Derbyshire y ser el doctor del condado.

—Soy feliz aquí. Estaré encantada de ser la señora Flecher.

Con el paso de los días Lornell logró asimilar la situación de que Olive estaba comprometida con un hombre a quien no le importaba ser un noble, sino que deseaba estar tan lejos y vivir su vida ayudando a los demás.

Edward había tomado la decisión de presentarse alentado por sus propios sentimientos, además de abrir su mente hacia una nueva forma de ver las cosas. Tendría que dividir su tiempo entre Olive y sus pacientes. Equilibrar su vida de casado con su profesión era algo que esperaba con ansias.

Olive anhelaba que llegara la primavera para unirse a Edward y vivir modestamente en la residencia de piedras rojas que estaba en el pueblo.

Si algún día él se cansaba de ser el doctor Flecher, ella lo apoyaría porque amaba al hombre y no al doctor o a su título.

Cuando aquella primavera llegó, Maxwell y Charlotte fueron los primeros en casarse y luego Olive con Edward.

Aquel mismo lugar en que se había casado su hermana con el temido señor Horstman, fue el que la vio saliendo del brazo de su esposo.

No imaginó las sorpresas que el destino le deparó cuando descubrió lo que su corazón guardaba.

Después de observar los ojos ambarinos de su esposo regresar cada día de sus ocupaciones supo que había tomado la decisión correcta.

En su mente regresaron las imágenes de su madre colocando lirios en un florero cerca de la entrada para que su padre las notarla.

Ella seguía aquella misma rutina de devoción hacia su amado doctor para que se regocijara en el afecto que ella sentía.

—¡Olive! ¡Olive! ¡Ven que quiero enseñarte algo que me ha llegado! —exclamó Edward, dejando todo salvo un paquete que traía en la mano.

Ella corrió desde la cocina y se abalanzó a su cuello para recibirlo.

—¿Qué me compraste en esta ocasión? —indagó, pícara.

—Lamento decepcionarte, querida mía, pero he conseguido algo muy interesante para tu hermana Odei…

—¿Para Odei? ¿Qué podría ser? —preguntó, confusa.

—Es un reemplazo de madera.

—¿Qué es eso?

—Eso algo que la ayudará a dejar el bastón…

La sonrisa de Olive se hizo inmensa y de sus ojos brotaron lágrimas de emoción al pensar en que su pequeña hermana tendría las mismas oportunidades que cualquier otra dama.

—Te amo tanto, Edward, que no habrá forma de agradecerte tan cariñoso detalle para la familia.

—Sin ti seguiría siendo el doctor solterón, me lo han dicho —rio después de confesarlo—. Te amo, Olive, aunque casi fue tarde para darme cuenta.

—Eres un doctor casado desde hace más de un año. Nuestra vida solo ha empezado. Vayamos a Blury House, no podemos esperar a contarles esta buena nueva.

Partieron después de unas horas hasta la residencia de la familia Horstman. Cuando Ofelia los notó tan felices, creyó que por fin habían concebido a un hijo.

—Todavía no, Ofelia —adelantó Olive, abrazándola.

—Qué tristeza por ti —lamentó, sonriente.

—Con eso le doy paz al señor Horstman y me mantengo contenta hasta que llegue ese momento, pero hoy traemos algo que es inesperadamente bueno.

Odei los vio entrar a Olive y a su esposo. Sonrió a ambos con cariño y cogió la mano de su hermana.

—Estoy feliz de verlos. ¿Ese paquete es para mí? —curioseó Odei.

—Sí, Odei —respondió Edward, pues Olive había comenzado a derramar lágrimas.

Le entregó el paquete y ella lo abrió. Un dedo de madera estaba ahí. No era capaz de entender lo que significaba.

—¿Qué es?

—Sirve para que puedas volver a caminar sin el bastón, Odei —replicó su llorosa hermana.

La niña no desviaba la vista de lo que tenía en sus manos. Cuando levantó sus ojos, aquellos estaban aguados y una sonrisa que no habían logrado ver en su rostro por años, se asomó.

—Se lo diré a mi padre, estará muy contento, porque no hace más que preocuparse por mí. Gracias… —habló. Dejó la silla tomando su bastón para salir apresurada del lugar.

Edward y Olive se abrazaron, contentos, porque Odei aceptó de buen grado aquel presente.

Para Edward era importante la felicidad de Olive, y su hermana pequeña era muy trascendente para ella.

Él dedicaría su vida para hacer feliz a su conquistadora Olive Weatherly.

Un verano
Para cambiar

HERMANAS WEATHERLY N°3

Odei Horstman la última de las hermanas Weatherly había llegado a la edad para ser una debutante y no le desagradaba la idea de conocer a otras personas, aunque le costara mucho hablar con los demás. Sin embargo, quedará deslumbrada por el visitante que llegaría a su casa invitado por su primo.

El capitán Harry Cavendish, pariente empobrecido de la familia Cavendish de Derbyshire, después de perder su dinero se alistó en el ejército, pero muy lejos de renunciar a su antigua vida, no abandonó la esperanza de encontrar a la mujer que le devolverá su riqueza, a la cual creyó encontrar en la tímida hija de un hacendado.

Pese a lo poco honorable de las intenciones de Harry, se inquieta en conocer los secretos que oculta aquella muchacha y que lo llevarán por el desconocido camino del amor.

PUBLICACIÓN: 2022

Biografía

Mi nombre es Laura Adriana López, soy de nacionalidad paraguaya, tengo 32 años, soy casada y con una hija. Estudié Ciencias contables y Auditoria en la Universidad Americana.

Desde el año 2016, me encuentro escribiendo lo que realmente me apasiona, que son las novelas de romance de época, ambientadas en la época victoriana, regencia, etc. También he escrito novelas contemporáneas, pero más ambientadas antes de la revolución tecnológica que tenemos actualmente, pues tengo la creencia de que la tecnología ha entorpecido de cierta forma las relaciones sociales, y más aún el romance. Es una razón por que más me agrada soñar con un romance a la antigua.

En el 2018 empecé a publicar de manera seria, con dos editoriales. Selecta, que es del grupo Penguin Random House y que se dedica a publicar novelas románticas en digital y con la editorial Vestales de Argentina. Con Selecta he publicado seis títulos de una saga, comenzando por Rescatando tu alma perdida, Belleza y venganza, Amor y dolor, Entre las sombras, Obligándote a amar y Te deseo para mí. Todas de romance histórico. Esta editorial es la que me abrió las puertas para que la gente me conociera.

En el 2019 se publicó una novela contemporánea de nombre Un romance real y otra para novela histórica: Tan perversa como inocente.

En 2020 salió a la venta Desavenencias del amor.

Con la Editorial Vestales de Argentina, tengo publicado en físico y digital las obras de nombres: Una perfecta señorita, La ventana de los amantes y Mi amada señorita Ángel.

También he incursionado en la autopublicación en Amazon con Los mandatos de rey, que es un cuento corto, y Una dama infortunada. Otros títulos:

Corazón de invierno, Una heredera obstinada, Una beldad indomable, La esquiva señorita Millford, La dama de Sandbeck Park, Las oscuras intenciones de lord Coventry y El amante de Londres.

Me manejo también con el alias de Leah Heart, donde publiqué Mi gran sueño londinense, Nuestro tiempo perfecto y The elusive miss Millford, la traducción en inglés de la novela corta La esquiva señorita Millford.

Contenido